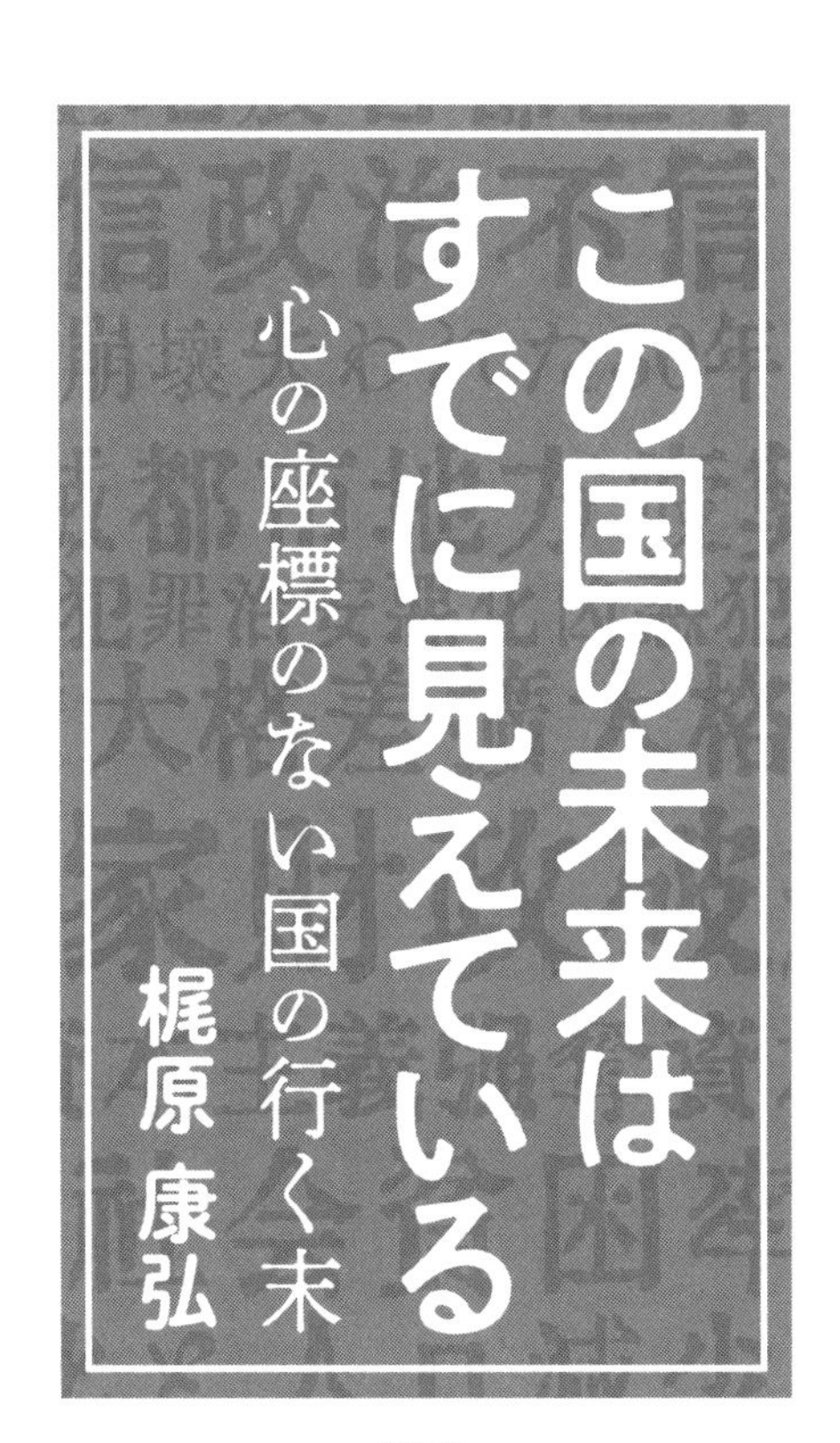

青萠堂

刊行にあたって

本書は、近未来小説としての性質上、事実に基づきながら、著者の推測により、創作された人物・団体・組織が仮想で登場するところがあり、これはあくまでも未来の予測であり、事実に基づくものではなく、フィクションとして展開しているものであることをここに銘記します。

はじめに

江戸時代末期、下田に滞在した初代アメリカ駐日領事のタウンゼント・ハリスは日本滞在記の中でこう書き記している。「彼らは皆よく肥え、身なりもよく、幸福そうである。一見したところ、富者も貧者もないーこれがおそらく人民の本当の幸福の姿というものだろう。私は時として、日本を開国して外国の影響を受けさせることが、果してこの人々の普遍的な幸福を増進する所以であるか、どうか、疑わしくなる」（坂田精一訳、岩波文庫）

私はもちろん、鎖国がよかったなどと考えているわけではない。しかし、ハリスが今日の日本を見たらどう感じるだろう。

日本は近代以降、アメリカからもっとも大きな影響を受けて今日を迎えている。そして日本人が育んできた豊かな人間性や文化は変質しつつある。何もアメリカに強要されたと言うのではなく、日本人自身が有していた気質によるものだと思う。日本は時代の変遷とともに外来文化を旺盛に吸収してきたが、道徳規範と言われた武士道精神を失い、日本の混迷が続いていると思えてならない。

　さらに日本列島は地球の地殻変動によって３０００万年前にユーラシア大陸から分裂したが、いずれまた吸収されるという。地球上の巨大地震の１割が日本列島で発生し、今日も頻発して多くの犠牲を生んでいる。専門家はその巨大地震が30年以内に２つ発生する可能性があると予測している。人口は１億２千万人、経済も街も大きく成長し、被害はそれに伴って甚大なものとなるが、決してそれを免れることはできない。

　私は、この小説で近未来の政治や経済を予想したのではない。近代の歴史を顧みれば、日本の運命が見えてくると考えている。もちろん未来の日本は、今を生きる日本人に委ねられている。

２０２８年３月　巨大地震発生

２０２８年３月21日、東京は朝から霞がかった春らしい空が広がっていた。山形修一郎は自宅から取引先へ直行し、打合せを済ませて会社に入った。現場の班長が事務室の扉を開けて大声を出した。「工場長、切削３号機の調子が悪くて、清水さんが見てるけどダメなんです。メーカーには連絡しました。昼過ぎに来ると言ってます」

「わかった。後で見に行く」と修一郎が応じた。

メーカーから設備の更新を勧められているが、３号機の調子が良くない。ベテランの作業者が調整すると大概正常な動きを取り戻すが、今朝はダメらしい。修一郎は３号機を調整する清水に声を掛け、工場内を一回りして事務室に戻った、その時だった。

突然、警告音が鳴り響いた。工作機械の異常かと思ったが、そうではなかった。携帯電話の緊急地震速報だ。

「おい、地震がくるぞ。場内放送してくれ」と女性事務員に指示した。危険物がないか辺りを見回し、机の下に潜り込もうとした次の瞬間だった。

小刻みな振動の直後、ドスンという音とともに修一郎の身体が一瞬宙に浮き、すぐさま床に叩きつけられた。激しい揺れが続き、修一郎は尻もちをついたまま夢中で机の脚にしがみ付いた。

机上のパソコンや書類が眼前に落ちた。窓ガラスが砕け散る音、書棚が倒れる音、工場内から重量物の転倒による大音響とともに部品が散乱する金属音が響いた。誰か下敷きになったのではないか、戦慄が走った。

修一郎は首都直下型地震だと直感した。震度7以上の巨大地震と思われた。近年、警告が繰り返し発せられてきたが、いよいよその日が来た。自分の人生が終わるかもしれないという恐れが脳裏をかすめた。

揺れは1分も続いただろうか。立ち上がると、事務室はめちゃくちゃで、女性事務員の大西が床で四つん這いになっていた。

「大丈夫か、外に出るぞ。場内放送できるか」

災害発生時、工場前の広場に全員が集合することになっていた。大西は声にならない声で返答したが、停電したのか、場内放送は鳴らなかった。

社長室の扉を開けたが、社長の姿はなかった。

「社長はどこへ行った？」と尋ねると、大西は青褪めた表情で首を横に振った。

修一郎は周囲に大声を発しながら外に出た。工場内から従業員が次々に駆け出してきて、広場の中ほどに身を寄せた。皆の顔は恐怖で強張っていた。

班長の宮崎に全員の点呼を指示し、周囲を確認した。工場建屋は形を留めているが、ガラス窓は割れ、外壁が一部剥がれ落ちていた。工場の向かいは木造商店だったが、看板が崩れ落ち、建屋は道路側に傾いていた。

取り残された者がいないか、再び工場内に入った。倒れた機械設備や散乱した資材を避けながら回ったが、頭上で蛍光灯が激しくうねり、今も揺れが続いているような錯覚にとらわれて2~3度転倒した。天井が落ちてくる恐怖を覚えた。

再び外に出ると、全員の点呼を終えていたが、一人が転倒によって脚を痛めていた。

「向こうで煙が出てるぞ」と誰かが叫んだ。

指さす方向を見ると、100メートル余り先の住宅から煙が上がっている。

「避難場所は小学校だったな」と修一郎は大西に確認し、集まった従業員に伝達した。「皆でまとまって小学校に行こう。ここは密集地だから火が回ってくる可能性がある」

工場のある大田区は巨大地震に際して焼失危険性が高いとされ、警戒が呼び掛けられていた。十数人の従業員を誘導し、災害避難所へ向かった。

近隣の事務所や工場、住宅から人が続々と路上に出てきた。

小学校までわずかな距離だが、電柱が倒れかかり、電線が垂れ下がっていた。木造住宅が大きく傾き、ビルが一階の駐車場を押し潰すように倒壊していた。放置された自動車や障害物を避け、煙が出ている家を迂回した。崩れた家に向かって誰かの名を呼び続ける女、顔を引きつらせてしゃがみ込む老婆、ワイシャツを血で真っ赤に染めた男、みな自らの身に降りかかった災難をのみ込めずにいる様子だった。

修一郎は歩きながら妻と長男に安否確認のラインを送った。幸い暫くしてそれぞれから既読のサインが入った。強張っていた身体が少しほぐれたような気がした。

通りの角を右に曲がった時、反対方向に視線を向けた。その先に剛太のアパートがある。修一郎はその近辺に出火や大きな損傷がないことを見届け、みなを引率して避難所を目指した。

小学校の校庭にはすでに多くの避難者が集まっていた。学校周辺でも数本の煙が立ち上り、辺りは騒然としていた。茫然と立ちすくむ者や肩を寄せ合う者、額から血を流す者、避難者は数百人もいただろうか。数名の男たちが声を発しながら、人を掻き分けて負傷者を校舎に運んでいく。まだ救急隊員の姿は見られなかった。

従業員たちはしばらく一所にかたまっていたが、自宅へ戻りたいという者がいて、数人ずつ帰っていった。脚を痛めた者も歩けると言い、小学校を離れた。

修一郎は情報を得るために体育館へ入ったが、何らの掲示物があるわけではなかった。背後から修一郎に声を掛ける者がいた。振り向くと、行きつけの居酒屋のオヤジだった。

「剛さん、死んだぞ」とオヤジが言った。

「えっ！まさか」

「アパートで家具の下敷きになってた。見つけた時には息がなかった」

修一郎は言葉を失った。避難の途中でアパートを確認した時、損傷はないように見えたが、すでに亡くなっていたのだ。剛太は社長の兄で、仕事上というより酒飲み友だちだった。週に1度、その居酒屋で酒を飲み、彼から話を聞くことが修一郎の楽しみだった。剛太のアパートはその店の隣にあった。

「昨晩もうちで飲んでた。毎日のように来てたからな。修さんが来ないから独り言を言いながらご機嫌で飲んでたよ」

「遺体は？」

「避難所の人に引上げを頼んだ」

「信じられない」

「そうだな。この地震で大勢の人が死ぬだろう。運が悪かったんだ。近くにいるから、剛さんのことは僕がやる。店を再開できるかどうかわからんが、焼けなければ店に戻るつもりだ。落ち着いたら剛さんの弔いをやろう」オヤジはそう言って立ち去ろうとした。

「ちょっと。剛さんは前の晩、どんなことをしゃべってた？」

「いや、わからん。話していたわけじゃないから」

オヤジは避難者の中に消えていった。

体育館は不安な表情を浮かべた女性や子ども、高齢者で埋め尽くされていた。修一郎は立ち竦んだまま、剛太の顔を想い起こした。彼はその居酒屋で酒を飲みながら、たびたび巨大地震を話題にした。

剛太は、日本列島が地震の巣の上にあると言っていた。大正12年に発生した関東大震災では190万人が被災したと言われるが、今日の首都圏には3600万人もの人間が暮らしている。当時は10万5千人が犠牲になったが、過密した大都市の被害は想像を絶するものになる。命の危険も去ることながら、国家存亡の危機だと言った。

日本海側に立地する原発が福島第一原発と同様の津波被害を受けたとしたら、数百万人が避難を余儀なくされる。当時原発から放出された放射能の大半は太平洋に拡散した。日本海側の原発から放射能が放出されれば、本州を漂うことになるが、1日や2日で避難できないから、数十万人、数百万人が被ばくするだろう。水源が汚染されるから、水道水は使用不能となって下流の大都市には住めなくなる。日本列島を火山帯が走っているし、列島に並行して太平洋を取り巻く海溝が続いている。いつどこで巨大地震や噴火が起こっても不思議ではない。もし原発が2つやられたら日本人は祖国を失い、流浪の民になる。

あんな巨大地震が起こるなんて想定できなかったんだから、と修一郎が言うと、剛太はムキになって言い返した。東電自身が15・7メートルの津波が襲来する可能性があると調査をまとめていた。

当時の武藤副社長に伝えられたが、報告を黙殺して安全対策を怠った。原子炉はアメリカ製のマークⅡ型だが、アメリカの裁判で欠陥原発とされてる。福島第一原発事故は紛れもなく人災だし、過失によるものだが、経営陣の刑事責任を問う裁判では無罪になった。司法が歪められてしまったと言った。

修一郎は校庭にいた従業員がすべて避難所を離れたことを確認すると、自分も川崎市の自宅を目指すことにした。歩いて2時間あまりの距離だろうが、日没までに帰りつける。環八から中原街道、多摩川を渡って府中街道を辿るつもりだった。

小学校の正門を出て、環八の方角へ歩き始めた。通りには店の看板や建物からの落下物が散乱し、ブロック塀が崩れ、一部で路面に亀裂が走っている。路線バスは路上で立ち往生し、乗用車が民家の外壁に突っ込んでいた。

道端でうずくまる数名の高齢者に女性が声を掛けているが、誰も立ち上がろうとしない。どの顔もみな色を失い、硬直していた。

押しつぶされた民家から男たちが取り残された人を救出している。

大きく傾いた商店から男が段ボール箱を運び出している。民家からも家財道具を持ち出す男がいる。

その先ではめらめらと音を立てて家が燃え上がっていた。数軒が延焼しているが、消防車はなく、消火活動も行われていない。数人の人がただ呆然と見上げている。

環八を左折し、北西の方角に向かった。6車線の幹線道路だが、数多くの車両が乗り捨てられ、通行は遮断されていた。修一郎は黙々と歩きながら、剛太の話を思い出した。

剛太は酒を飲んで、近い将来、日本が崩壊すると語っていた。修一郎はそのくだりを鮮明に思い出すことができる。いよいよその時が来たのかもしれないと思った。

「日本人は自ら変われない。強大な力で外部環境を変えられるまで、時代遅れのぼろ屋にしがみついてる。内側の世界しか見ないから外のことが分からない。その場の空気に流されて自分の頭で考えようとしない。面と向かって誰も異議を唱えない。せいぜい酒を飲みながら陰で愚痴ってる」と剛太は言った。

「また始まった。日本人には哲学も、理念もないって言うんだろう」と修一郎はいつも茶化した。

「日本人は恵まれた島国で歴史を刻んできた。有史以来、侵略されたり、祖国を追われた経験がない。温暖な気候の下で農業を営みながらムラ社会で暮らしてきた。極東の外れだから近世まで260年も鎖国を続けることができた。親切で、団結力があって、自然と調和して生きてきた。だから世界は日本の特異な人間性や文化に驚いてる。でもいい条件の下で生きてきたから危機意識が乏しいし、自立心に欠けるし、空気に流されやすい。わずか4隻の黒船に日本中が狼狽(うろた)え、不平等条約を結んでしまう。地方の下級武士が明治維新を起こして、大名も武士も封建制もバッサリと切り捨てた。西欧社会に追いつくために急速な近代化を進め、中央集権の官僚国家を創り上げた。アジアで植民地化を免れたのは日本だけだ。そういう時の日本人は爆発的な力を発揮する。西欧式の軍隊を創設して朝鮮に侵攻し、日清、日露の戦争で勝利して欧米に伍する日本史的には列強となった」

剛太は、昭和初期は異常な時代だったと言った。「世界恐慌で経済が疲弊すると、国内でもテロが続発した。政治が無力化して軍部が暴走し始める。満州事変、国際連盟脱退、日中戦争を起こし、八紘一宇の下に大東亜共栄圏を掲げた。メディアも国民も日本は神の国だと熱狂して、軍国主義に突っ走った。西欧の植民地主義から東南アジアの開放を勝ち取ったと自賛した。挙句に10倍の国力を有するアメリカに戦争を仕掛けたんだ。でも現実は合理的な戦略も理念もなく、やみくもに領土を拡大して傀儡（かいらい）政権をつくった。無謀な作戦を続けて悲惨な玉砕を繰り返した。戦火が本土に及んでも一億総玉砕を掲げて戦った。原爆を投下され、国土を焦土にして３００万人もの犠牲者を作ることになった」

そして「ＧＨＱに占領されて無条件降伏すると、日本は１８０度転換する。国中が歓喜した軍国主義を捨て、一夜にして民主主義を受け入れた。国体も軍隊も財閥も解体され、国民は無一文になったけど、無我夢中で生き抜いたんだ。そしてわずか20年で世界第二位の経済大国を築き上げた。アメリカを凌駕（りょうが）して、ジャパンアズナンバーワンと呼ばれる国になった」と言った。

立て続けに爆発音が鳴り響いた。目線を上げると、環八の右手一帯から煙が吹き上がって空を覆っている。山のように黒煙が横たわり、炎が燃え盛り、時折火柱を高く上げた。数百軒の大火だと思われた。蜘蛛の巣のような狭い路地が続く、木造住宅が密集する一帯だ。延焼を食い止める緑地帯も幅広い道路もあるわけではない。消防車のサイレン音はなく、消火活動も行われていない。住宅が続く限り延焼を止めることはできないと思った。

修一郎は大火現場の方角から逃げてくる人々を目で追った。荷物を抱えた人、子どもや年寄りの手を引く人、自転車を押す人、おびただしい数の避難者が行列をつくっている。そして次の瞬間、オレンジ色の炎が大きく膨らんで大蛇がうねるように空高く突き上げた。すべてを焼き尽くす炎だと思われた。数百メートルも離れているが、その熱が辺りの空気を熱した。修一郎はこの地震が東京を破壊するただならぬ巨大災害だと気づいた。

東京は二度焼け野原を経験している。一度は大正12年の関東大震災という災害であり、もう一度は昭和20年の東京大空襲という戦火だ。剛太はよく戦争の話をした。戦争というより近代日本の歴史は戦争にまつわることが多かった。もちろん修一郎はその惨状をモノクロの写真でしか知らない。

「なぜ、勝ち目のない戦争を4年も続けたんだろう？山本五十六は、2年は戦えると言ったそうだけど、まさしくその通りだった。戦力や戦況を合理的に分析すれば、敗北は明らかだ。あれだけ多くの国民を犠牲にしなくて済んだのに」と修一郎は疑問を呈した。

「悪い情報は良い情報に塗り替えられた。どんなに劣勢でもそれを認めようとしなかった。誰も責任を取らず、方向転換することもなく、戦況は悪化し続けた。もし、日本が大陸と陸続きだったら、国土は四方から占領されただろうし、北海道は今でもロシアの領土になってる。もう少し決断が遅れていたら、東京にも大阪にも原爆を落とされて、一億総玉砕になるところだった」と剛太は言った。

「日本人は明治の近代化も、昭和初期の軍国化も、高度経済成長ものの凄いパワーを発揮したのに、今の日本人は変わってしまったんだろうか？バブル崩壊から失われた30年が続いていると言うのに復活の兆しもない。国民はみな日本の凋落を自覚してるのに」と修一郎が尋ねた。

「日本人は何も変わってない。ただ目標を見失ってしまった。ＧＤＰなんて人口が増えれば大きくなるし、人口が減れば小さくなるからそんなことじゃない。俺が不可解なのは急速な少子化、子どもの貧困や虐待、青少年の自殺、日本の将来を担うべき子どもたちに希望がないという。今の社会が未来の芽を摘んでる。国民は真面目で協調性があって能力があるという。勤勉で労働時間は長いのに、賃金が下がり、企業の競争力は下落を続けてる。書物でもテレビでも日本の欠陥が嫌というほど指摘されてるのに、政治家も官僚もメディアも既得権や保身のために現状を変えないし、国民も立ち上がろうとしない。近代以降の歴史を見たら、日本の成功と失敗は明らかだ。大きな犠牲や挫折を繰り返しているのに教訓として残ってない。日本人はいつも小さなムラ社会に閉じこもってる。一億人のムラ社会だ。周りの顔色ばかり見て、口をつぐむ。それが美徳だと言わんばかりだ。だから反省も、検証もできない。日本はまた、もっと大きな混乱と敗北を経験することになる」

修一郎は環八を北西に歩いていたが、コンビニに差し掛かった時、数人の若者がむき出しの商品を抱えて走り去った。すぐに強盗だと気づいた。店員の姿はなく、路上で見ていた男も店内に駆け込み、床に散乱した商品を物色しはじめた。

修一郎はしばらくその光景を見ていたが、足早に立ち去った。日本人は災害時でも秩序正しいと言われたが、もはや昔の話だと思った。

中原街道との交差点を左折して丸子橋へ向かった。都心から川崎や横浜方面へ帰宅を急ぐ避難者が途切れなく続いていた。人々は押し黙り、列をなしていたが、修一郎もその群れの中に入った。丸子橋のアーチが見え、多摩川を往来する人の姿が目に映った。これで家に帰れると思った。多摩川を渡り、府中街道に入れば、あと一息だ。

橋上に差し掛かって西を見渡すと、対岸でも太い黒煙が幾筋も立ち上っていた。

修一郎の家は小さな家が軒を接する住宅街にある。20年前に購入した中古住宅だが、アパートの賃貸料で住宅ローンを返済できる、と判断して妻と一大決心の末に購入した。古い木造住宅が強震に耐えたのか、不安を抱きながらも一刻も早く家に戻って身体を休めたかった。

府中街道も自動車が放置され、車両の通行はなかった。足元の障害物を避け、道路の亀裂や歪みに注意を払いながら歩いた。妻からラインが入った。妻は市立公民館に勤務しているが、隣接する小学校が緊急避難場所に指定されており、市職員として管理の仕事に当たるという。自宅には戻れないとのことだった。

自衛隊のヘリコプターが爆音を轟かせ、上空を東へ向かった。その空を煙が流れ、前方には真っ黒な煙が立ち上っている。急く心を抑えながら疲れた足を速めた。

見慣れた街並みが目に入ってきた。家までもうすぐだ。道路を跨ぐ高架橋には電車が傾いたまま止まっている。府中街道を右に折れ、高津駅の方角に進むと、逆方向へ向かう人の流れが急に増えた。人々の表情はひときわ険しく、慌てふためく様子が窺えた。上に目をやると、空を一面、黒煙が覆っている。向かって歩いてきた男が修一郎を制するように叫んだ。「先には行けない。火の海だ」

修一郎はその男に頷きながらもまだ200メートル余り進んだだろうか。曲がり角で数人が立って同じ方向を見ている。そこまで行くと、住宅街が火に包まれていることが分かった。路地の両側の家が燃え、炎が渦のように巻いている。修一郎の家はその先にある。木造住宅が200メートルほど続いているが、その中ほどに立っていた。

修一郎は炎の勢いに立ち竦んだ。熱風が肌を火照り、息を塞いだ。そこに立つ人たちの声が耳に入った。「消火しようとしたが、消火栓から水が出ないし、消防車も来ない。手の施しようがなかった」

修一郎は自宅が焼けたことを覚悟した。

その夜、修一郎は避難所となっている近所の小学校の体育館にいた。そこでこの地震が首都直下型地震だと知らされた。震源は東京湾北部、マグニチュードは7・8であり、川崎市では震度7の激震を記録したという。対岸の世田谷区の大火は明日まで続き、多数の死傷者が出るだろうと聞かされた。

体育館には段ボールで幾つもの小部屋が作られていたが、大勢でごった返していて中に入ることさえできなかった。校庭にはテントが並び、傾き始めた陽の中で自衛隊員が白い布に包まれた担架を運び込んでいる。そこが遺体安置所であることが分かった。

避難所ではすでに食べ物や飲み物が配給されたようだが、修一郎はその日、一滴の水でのどを潤すこともできなかった。体育館の玄関にわずかな隙間を見つけ、朝まで座ったまま過ごした。

家の焼失を家族にラインで送信した。妻の美佐子からは返信がなかった。長男の紀夫は夜中にラインがあったが、ショックで立ち直れないと記されていた。家を失い、生活がどうなるのか、平静に考えることができなかった。妻と長男が無事でいることがせめてもの救いだった。社長からもラインの着信があり、無事を確認した。

まどろみの中にいると、この一日が夢であるかのように思えた。そして、剛太の顔が浮かび、初めて出会った頃のことが蘇った。

2022年7月　安田元総理狙撃される

2022年6月、自殺した修一郎の実弟、山形孝二の三回忌が執り行われた。首都直下型地震の6年前のことになる。修一郎は妻とともに西武新宿線に乗り、武蔵村山市の霊園に向かった。小学生の頃、狭山公園へ遠足に行って以来、数十年ぶりだ。その頃は沿線に田園風景が広がっていたように思われたが、今は家が途切れることなく繋がっている。

僧侶が読経を上げた後、小部屋で小宴が催された。参加者は孝二の妻恵子と一人娘、そして修一郎夫婦の4人だ。小宴の支度を待つ間、恵子が修一郎に部屋を出るよう促した。ロビーの隅で暫く話をした。孝二は50歳の若さで自殺したが、遺書がなく、恵子も思い当たることがないとして理由がわからなかった。

恵子は「今なら少し話せる」と言った。孝二は不動産投機に手を出し、スルガ銀行から6億円もの不正融資を受け、都内に賃貸アパートと数室のマンションを所有していたという。不動産会社の経営破綻によって返済不能となった。この事件の被害者は千人余りに上り、当時大きな事件としてメディアにも取り上げられたらしい。孝二は絶望し、精神的に衰弱して自殺を図ったのだ。それでも妻のために無理をして現金をつくり、すべての遺産を放棄するよう電話で言い残してこの世を去ったという。娘は詳しく知らないので聞かなかったことにしてほしいと言った。

恵子が用意してくれた料理を取りながら、二人の生活の様子を聞いた。娘とアパート暮らしで会社勤めを続けているが、夫が残した金のお陰で生活には困らないとのことだった。高校に入学した直後だった一人娘もショックから立ち直り、高校3年生となって来春の就職を目指しているという。

修一郎は弟が不動産投機に関心を持っていると知っていたが、事件報道の記憶もなく、まったく思いがけないことだった。弟の自殺の経緯に驚いたが、その時はまだ実感として捉えることができなかった。

その翌月、安田元総理が参議院選挙の応援演説中に狙撃された。

社長の宮脇良太が事務室にいた修一郎を社長室に呼び入れた。社長は「大変なことになった」と言った。いつも冷めた表情の良太だが、厳しい顔つきでテレビ画面を凝視していた。「安田さんが銃撃された」

「亡くなったんですか？」

「わからない。テレビを見てくれ。至近距離で撃たれてる」

「安田さんが死ぬはずありませんよ。命は取り留めるでしょう」

「そうだといいが。政治家らしい政治家だった。今の自政党はダメだけど、安田さんだけは違った。

他の政治家は口先ばかりで何もしない」

社長は自政党支持者というより、安田元総理のファンだった。ヤスノミクスによって円安が進み、製品受注が増加したことが支持のきっかけだった。修一郎もそれを聞かされていたので、安田元総理には好感を持ち、頼もしい政治家だと思っていた。

「理由は何だったんですか？」

「犯人はその場で取り押さえられたけど、まだ理由は分からない。選挙中に言論が封殺されたんだ。民主主義を否定する行為だ。許されない」

その日の会社帰りに修一郎は酒を少し飲むつもりで居酒屋に立ち寄った。ももたろうという小さなおでん屋でそれまでも2～3度行ったことがあった。店に入ると、宮脇剛太が一人で酒を飲んでいた。

剛太は数か月前から会社に籍を置いているが、常勤ではなく、決まった業務があるわけでもない。社長の長兄だが、一度は会長である父親から勘当されたと聞いている。剛太が修一郎に気づき、カウンターの隣席に呼び寄せた。

修一郎が席に腰かけるなり剛太はスマホをかざした。「安田さんの死亡が確認された」と言った。

「えー、ほんとですか。まさか。社長が悲しみますよ」と修一郎が思わず声を出した。

「俺も悲しい」と剛太が言った。「安田さんは自分がやったことの結末を見届ける責任があったのに、それを果たさずに死んだのは残念だ」

　意外な言葉に修一郎は剛太の横顔を睨みつけた。「安田さんは言うべきことを言って、やるべきことをやった人でしょう。その言い方はあまりにも失礼ですよ。日本にこんな政治家はいなかった。社長は尊敬してますよ」

「俺は違う」と剛太が言った。「安田さんは3本の矢だと言ってヤスノミクスをやった。異次元の金融緩和と公共投資で、結局イノベーションには手をつけなかった。一千数百兆円もの金をばら撒いたけど、効果がないばかりか、自爆の導火線に火をつけたと俺は考えてる。ダブついた金が株価や不動産価格を押し上げた。富裕層には恩恵があったけど、GDPも、消費も増えないし、賃金も上がらない。短期的な景気刺激策ならいざ知らず、財政も金融も歪めてしまった。金融バブルは必ず崩壊するんだ。30年前のバブル崩壊もそうだし、リーマンショックやサブプライムローンみたいに大混乱を繰り返してる。強欲資本主義のやり方だ。アメリカは世界中から金を吸い上げるけど、日本は国債を日銀に押し付けて金をつくってる。日銀がいくらでも買うから、政治家は借金の垂れ流しに麻痺してる。日銀は莫大な国債の半分を抱え込んでるけど、もし国債が暴落したら、国家財政も国民生活も吹っ飛ぶ。国家の破綻だ」

「社長も僕も安田さんに感謝してます。民憲党政権で円高が進んで輸出は激減した。株価は下がるし、メーカーは海外へ出て行くし、うちの会社も受注が落ち込んだ。どこへ行っても仕事をもらえなかった。ヤスノミクスで円安になったお陰で仕事が戻ったんです。もし円高が続いていたら、うちは潰れてた」と修一郎はムキになって反論した。

「俺たちも反省すべきことはある。リーマンショック後、経済対策が必要だったけど、十分じゃなかった。企業の海外流出は止められないとしても、もっと円安誘導や国内経済の活性化を図るべきだった。環境や再生可能エネルギーの新産業に投資したり、国土分散を図ったり、雇用を創出すべきだった。でも、既得権益が頑強だったし、そこまでの準備がなかった。それに円高で輸入物価が下がってたわけだから、実質インフレだったんだ。もっと賃金を上げて、経済の好循環をつくるべきだった」

「ヤスノミクスで雇用が増えて、経済は上向いたじゃないですか」

「非正規雇用ばかりで賃金は下がったよ」

「僕はただのサラリーマンだからわかりませんけどね、要するに民憲党の経済政策がダメだったんでしょう。国民はね、一度は民憲党に期待して政権交代させたんですよ。僕もその時は民憲党に投票しました。それを裏切ったから、つかの間の夢で終わったんですよ。口先だけだったってみんな熱が冷めたんです」

「民憲党政権は政治を変えるチャンスを掴んだけど、それを棒に振ってしまった。準備と覚悟がなかったからだが、本当に残念だし、情けないと思う。でも民主主義を育てるのは時間がかかる。政権を変えたらすぐに実現するようなものじゃない。政権の頭は民憲党でも、胴体はまだ自政党だった。長年の自政党と官僚の癒着構造があった」

「僕が野党を好きになれないのは、批判ばかりしてるからですよ。政権に就いたって同じだった。結局民憲党は内部分裂したじゃないですか。それで国民は嫌気がさしたんです」

「あの政権交代ははじめの一歩だったんだ」

「剛太さんは民憲党議員だったんでしょう? 僕も政治に関心があるから、話を聞きたくないわけじゃないけど、批判や言い訳ばかりに聞こえますよ。社長のお兄さんに失礼かもしれないけど」

「そうか。安田さんが狙撃されて、俺も少し興奮してたのかもしれない。冷静に話そう。いいか?」

二人は顔を向き合わせて、剛太は焼酎で、修一郎はビールで乾杯した。

「もう少し言わせてもらうけど、異次元の金融緩和で日本中に金をばら撒いた。もし日本に若者がたくさんいて、フロンティア精神や新技術があって、市場の拡大が期待されて、金が不足してるなら金をばら撒けばいい。皆が金を借りて、投資したり、起業したりするだろう。でも企業は500兆円も内部留保を持ってるけど国内に投資しない。今の日本には投資環境がないと考えてる。若者は結婚したくてもできないし、子どもを産める環境でもない。人口減少と高齢化が進んで、将来に夢がないと言われてる。条件がないのに金だけばら撒いたって活きてこない。その土壌づくりが必要なんじゃないか? 強いて言えばイノベーションだけど、安田さんはそれをやらなかった」

「そういう見方をされれば、否定はしませんよ。でも安田さんは発信力があったし、国民に期待を持たせたし、実行力があった。選挙に勝ち続けて、日本で最長の総理だった。野党は国民に期待させただけで、実現しなかったんだから」

「民憲党政権は自滅した。安田さんは悪夢の民憲党政権とか、経済をメチャクチャにしたと言ったけど、経済低迷の原因はリーマンショックという世界的な金融危機じゃないか。自政党も評論家も一斉に民憲党を叩いて、政権交代は悪だと決めつけた。民憲党の未熟さを棚に上げるつもりはないが、メディアもネットも日本中でそういう空気をつくった。自政党は二度と政権交代をさせたくないと考えたんだよ。でも、本質は全然違うと思ってる。俺たちが政権を取った時、8年政権を守りたいと話してた。そしたら自政党と官僚の癒着構造が崩れて、まともな二大政党の時代が実現すると期待したんだ。自政党は政権を取ることが目的になってる。民憲党の出来が悪いから3年で陥落したけど、国民は政権交代という選択肢を失った。日本の歴史上、取り返しがつかない失敗だったと俺は思ってる」

「民憲党には期待したけど、マニフェストが実現されたわけでもない。民憲党への失望というか、国民のストレスが安田さん支持に向かったんだから、民憲党のせいですよ」

「それも後に作られた空気だ。マニフェストだってやったものはいくつもある。子ども手当だって、戸別所得補償だって実現したけど、安田政権が二つとも潰した。高校無償化は今も続いてる。自政党が50年やってきたものを3年で簡単に変えられるはずはない。そもそも自政党はマニュフェストなんか掲げないいし、選挙で示した政策が実現したか、しないかなんて問題にもしない。いつも曖昧にしてる」

「理屈はどうであれ、自政党がいいわけじゃないけど、民憲党よりましだっていう空気が蔓延してますよ。一度、国民を裏切ったんですからね。反対に安田さんにはリーダーシップがありました」

「日本じゃ、過去にも民主化が進んだ時代があったが、長続きしない。すぐに戻ってしまった。国民がそれを守らないといけないと思う」

「選挙で国民が安田さんを支持したんじゃないですか」

「安田さんの長期政権で5回国政選挙をやったけど、投票率は50％そこそこだった。国民が強く支持したというより、民憲党への落胆で政治離れが加速してしまった。安田さんは選挙に強かったし、発信力があったし、戦略も巧みだったから、社会全体にムードができたんだ。日本中が一つの空気に覆われた気がする。この空気の下で何でもかんでもまかり通ってしまった。公文書改ざんとか、憲法解釈の変更とか、人事権の乱用とか、これまでの保守政治がやらなかったことを平然とやってのけた。森安問題だって、財務省の赤城さんの自殺だってうやむやにしてしまった。欧米のように成熟した国ではメディアも、民衆もそんなことは許さない。未だにその空気が残ってるからヤスノミクスさえ検証も修正もできない。メディアは安田政治を賛美こそすれ、批判も追求もしない。それまでの自政党は右から左まで幅があったけど、安田さん以降、党内も一色になった。安田さんに物を言う政治家がいなくなった。日本はこれまでも過去を冷静に分析したり、反省したりしない。だから同じ失敗を繰り返してる」

「今日は安田さんが亡くなったんだから、それくらいにして下さいよ。こういうのを日本人の礼節って言うんじゃないですか？」

「ヤスノミクスの弊害が出るのはこれからだし、日本が吹っ飛ぶレベルだよ。バブル期みたいに北海道の原野が高値をつけることはないとしても、株価だって、マンション価格だって上昇してる」

「マンション価格が上がってる？」

「バブル期を越えてる。緩和した金をそっちへ仕向けてるから、マンション投資がもの凄く増えた。経済のファンダメンタルがよくなってるわけじゃない。彼らはこう考えるんだ。金融緩和すると金を借りやすくなるから、マンションを買わせる。マンション価格が上がりはじめると、早く買わないといけないという心理が生まれる。庶民も次々と金を借りて高い物件を買うようになる。景気の火付け役になるかもしれないけど、経済の好循環に移らないのは日本の社会情勢が悪いからだ。株式も同じだ。川辺総理は資産所得倍増とか言って、この波に乗らないと損するぞって誘導してる。株企業業績の良し悪しじゃなくて、庶民の貯蓄を利用して株価を吊り上げてる。日本は貯蓄志向の国民だったけど、ニーサを導入してアメリカと同じような投資志向に変えようとしてる」

「スルガ銀行の融資事件ってありましたよね」と修一郎がつぶやくように言った。

「あった、あった。ヤスノミクスの金融緩和直後で融資を増やしたい銀行と悪徳不動産屋が結託したんだ。かぼちゃの馬車とか、たくさんあった。スルガ銀行は書類を偽造して過大な融資を続けた。資産も返済能力もないサラリーマンに何億もの金を融資して賃貸マンションを買わせた。家賃収入を返済に回すんだけど、満室にならないし、土台無理な設計だから、1～2年で不動産屋が経営破綻した。融資を受けたサラリーマンが犠牲になったんだ」

修一郎の自殺した弟が関わった事件だった。修一郎は気持ちを沈めるように間をおいて話した。

「実は弟が不動産投機にのめり込んでそこから融資を受けていた。ノイローゼになって2年前に自殺したんです」

酒を飲みながら饒舌に語っていた剛太も言葉を止めた。

「弟は普通のサラリーマンだったけど、住んでいたマンションを人に貸したりして副収入を得ていた。もっと拡大しようと考えたんだと思う」

「死ななくても良かっただろう。融資そのものが犯罪行為だったのに。真面目な人間ほど追い詰められるんだよ。知らないものだから調子にのってべらべら喋って悪かったな」

話はそこで途切れた。修一郎は少し飲んだ後、一足早く店を出た。席を立とうとした時、「今日は俺が払う。また飲もう」と剛太が言った。

2022年10月　アメリカのための日本

新型コロナウイルスの収束によって景気回復が期待されたが、半導体不足や中国のロックダウン、さらにロシアによるウクライナ侵攻の影響で世界経済は混乱が続いている。欧米からは需要増大によるインフレと利上げの動きが伝えられるが、日本では金利差の拡大によって円安が進行し、急激なインフレが庶民生活を圧迫している。

会社はこの数年、無利子無担保のコロナ融資や雇用調整助成金の受給で急場を凌いできたが、円安とウクライナ侵攻によるエネルギーや原材料価格の上昇が経営を苦しめている。取引先企業の生産は回復傾向ではあったが、経営状況は改善せず、受注拡大や加工費の引上げがなければ経営の立て直しは難しい。

「今日の役員会で経済情勢と今後の見通しをうまく説明してほしい。昨夜も姉から電話があって、赤字が続くんだったら会社を整理しろと言われた」と宮脇社長が修一郎に言った。午後に予定されている決算役員会を控えて、いら立っているように見えた。

「わかってます。でも数字がね」と修一郎は苦笑した。

会社役員と言っても創業家の一族だ。創業者である会長とその二人の娘、次男である社長、そして社長の息子の常務だ。コロナ発生から2期連続で赤字決算となり、借入が膨らんでいたために二人の姉妹から経営を心配する声が上がっていた。

会長は88歳になるが、役員会にはいつも参加している。終戦直後に父親がやっていた鉄工所を引き継ぎ、高度経済成長期に金属加工で売上を伸ばして現在の会社組織に育てた。家は会社から5分ほどの距離にある旧家で地元の名士でもあるが、引退後も散歩途中に元気な姿を見せている。

役員会は小さな会議室で始まった。社長が挨拶した後、修一郎が会社の概況と今後の受注見通しを説明し、経理担当の常務が決算報告をした。内容は3期連続の経常赤字だった。

「2年も我慢してるんだから今年は配当してくれると期待してたのに」と次女が不満げに言った。

「工場長の話では仕事の増加が期待できると言うけど、人材確保が難しかったら、生産できないってことじゃないの？人件費を上げたら、利益が削られるでしょう。無理して行き詰まるんじゃなくて、引き際が肝心よ」と長女が言った。

「私たちは配当を期待してるわけじゃないけど、会社が倒産するようなことは止めて欲しいと思ってるのよ」

「コロナからの3年、赤字幅は小さくなってる。中国のロックダウンが解除されれば、反動で受注が急拡大する可能性がある。人材を集めないといけないが、増産効果が期待できる。お客さんには長年助けてもらってるから、こちらからやめるとは言えない。親父も厳しい時を何度も乗り切ってきた。昔からの従業員が残ってるし、そう簡単にやめられない」と社長が反論した。

「トモクンに継がせるつもりはないんでしょう?去年、トモクンがマンション経営を提案してたじゃないですか。真剣に考えるべきだと思うわ。トモクンはどう思うの?」と次女が常務の智也に尋ねた。

「自動車のEV化が進むから将来的に仕事量は先細りですよ。5年は維持できてもその先は厳しくなるでしょうね。いろいろ考えないといけないとは思うけど、父さんも、お爺さんも頑張ってやってきたから簡単にはやめられませんね」と智也が言った。智也は27歳だが、社長が所有する駐車場管理の仕事が主で、会社では経理だけを担当している。

「ニュースで見たけど、コロナ融資の返済が始まると、中小企業の倒産が増えると言ってたわ。うちは大丈夫なの?」

「運転資金はちゃんと手当てできてる。コロナ前はちゃんと黒字を出して配当もできた。まだ結論を下すのは早い」と社長が強い口調で言った。

「だって良ちゃん、赤字が続いてるし、財産を取り崩してるんじゃないの？きれいに清算して、マンションを建てて気楽にやったほうがいいわよ」と長女が言った。

社長と姉妹との押し問答が続いたが、創業者である父親が大きな声で割って入った。「わしが22歳で興した工場だ。高度経済成長の時代はいくらでも注文がきて、100人の工員を使ってた。昭和49年に3階建てのこの社屋を新築した。ところが日米貿易摩擦が問題になって自動車が標的にされた。日本からアメリカへ自動車を350万台も輸出してたのに自主規制のために150万台に減らされた。自動車メーカーは国内生産を諦めてアメリカやほかの国に工場を建設した。アメ車を輸入しろとも要求されたが、故障だらけでおまけに左ハンドルだ。誰も買わないし、走ってもいない。自動車の仕事が激減して最新鋭の工作機械が遊んでしまった。家電製品で取り返そうとしたが、プラザ合意で円高不況になった。仲間の会社はつぶれたし、うちも従業員を10人にして頑張った。少ない仕事を取り合うから単価も叩かれたが、ものづくりの誇りだけは捨てなかった。赤字だからと言って会社をたたむことは許さない」

「お父さんが頑張ったのはみんなよくわかってるわ。そのお陰で私たちがこうして育ったんだから。利益が出るんだったら続けてほしいけどね」と長女が父親をねぎらうように言った。

「マッカーサーは日本が戦争に負けても天皇制を残してくれたし、民主主義を教えてくれた。わしらはものづくりで日本の復興をめざした。日本製は性能もいいし、品質もいいし、安かったから世界に勝ったんだ。ところが、自由主義だ、自由貿易だと言ってたアメリカが手のひらを返して政治の力で日本をねじ伏せた。日本は二度目の無条件降伏をしたんだ。大手は海外へ工場進出したが、わしら中小企業は取り残された」

「また始まっちゃったわね。わかりましたよ。お父さん、興奮しないでね」

役員会はその後、身内の近況報告になった。長女が隣に座っていた修一郎に尋ねた。「剛太兄さんは会社に来てるの？」

「来てますよ」

「仕事なんかしてないんじゃないの？」

「いろいろ手伝ってもらってます」

「役に立つなら、仕事してもらってね。何を考えてるのか、わからない人だけど」

剛太はこの兄弟の長兄だが、役員から外されていた。彼は長男として会社を継ぐべき立場だったが、大学卒業後、技術を学びに行ったはずの取引先企業で労働組合の委員長を引き受け、父親から勘当を言い渡されたという人物だ。その後、都議会議員になり、民憲党政権下で衆議院議員を1期務めたという。落選後、政界を引退したが、借金を抱えており、社長の恩情で会社に籍を置いている。おでん屋の隣に建つ古いアパートでわずかな報酬を得て暮らしている。彼の経歴からは想像できないほど慎ましい暮らしぶりで飄々とした生き方に修一郎は好感を抱くようになっていた。

役員会を終えたその晩、修一郎は会社にいた剛太を誘った。役員会の模様を伝えたかったからだ。安田元総理が狙撃された日以降、二人は週に一度、ももたろうで酒を飲んでいた。

「今日の役員会で女たちは廃業しろと言ったんだろう？」と剛太が尋ねた。

「そうです」

「社長はどう言ってた？」

「お客さんがいるからやめられないと言ってた。社員もいるからって」

「会長も来てたな」

「経済摩擦の苦労話を始めて、廃業は許さないと言ったものだから、娘さんたちは何も言えなくなりました。さすがですよね」

「親父にしたら会社は人生そのものだからな。親父には高度経済成長を支えた誇りがある。ところが１９７０年代後半から自動車が標的にされた。アメリカは経済でも、世界秩序でも立派な理念を掲げるけど、やってることは自国の権益を守ることだ。試合に負けたら、勝つまでルールを変えるんだよ。ましてや戦争に勝ったんだから日本を属国扱いしてる。敗戦国が戦勝国より金持ちだなんて許せないんだ。当時、親父は新工場を建てて最新設備を揃えた直後だった。よくぞ倒産せずに乗り切ったと思う」

「会長は散歩の途中、会社に来て当時の話をしてた。日本が安くて良い自動車を作ったからアメリカ人が買ったんだ。日本が努力したのに虎の尾を踏んだと言われたって」

「アメリカは繊維とか、自動車とか、半導体とか、次々と輸出の自主規制を要求してきた。1985年にはプラザ合意を押し付けて1ドル235円だった為替レートを1年で150円にしたんだ。おかげで輸出は大打撃を受けて円高不況に陥った。その次は前川レポートをまとめさせて、金融緩和とか、市場開放とか、内需拡大とか、政策を転換したんだけど、要するに加工貿易を止めろと強要されたんだ。急激に国内経済を刺激したから不動産や株価が高騰してバブルになった。過熱した景気を急に絞ったからバブルが崩壊した」

「アメリカは双子の赤字で苦しんでいた。日本からの輸入拡大で貿易赤字が膨らんでたし、ベトナム戦争で莫大な財政赤字を抱えていた。アメリカにしたら日本なんか赤子同然だ。無理難題を押し付けて、国民が汗水たらして稼いだ富を強奪したって、会長はいつも怒ってた」

「中曽根さんは前川レポートを国際協調のためだと言ったけど、アメリカに従属しろってことだった。1993年頃から毎年、年次改革要望書を寄越してきて、国内の制度にあれこれ口を出した。日本の改造計画書なんだけど、そのまま日本の政策になった。尾っぽを振る政治家や官僚が多かったし、アメリカの言い分を代弁する手先のような学者を大臣に重用した。田中角栄は日中国交正常化でアメリカを怒らせてロッキード事件で葬られたし、他にも抵抗した骨のある政治家もいたけど大抵排除されてる。小山準之助は郵政民営化を断行してメディアも国民も喝采したけど、内実はハゲタカファンドを喜ばせる政策だった。構造改革だと言って、自由競争と自己責任というアメリカ式の競争原理を導入したんだ。アメリカに迎合して格差を拡大させた政治家だよ」

「日本はアメリカの51番目の州だと言われましたよね」

「昔はよく言われた。その頃は屈辱だって思いがあったけど、最近聞かないだろう。今は自尊心もなくなって、当たり前になったんだ」

「若者に日本は51番目の州なんだと言ったら、そうしてもらった方が安全保障上いいじゃないかと言われましたよ」

「もっともアメリカの傲慢なやり方は日本だけが対象じゃない。アジア通貨危機もそうだ。新興国に経済や金融を自由化させて、金利の安い金を送り込んで富を収奪した。タイもインドネシアも韓国も標的になって財政破綻に追い込まれた。アメリカは基軸通貨を持ってるし、政治でも経済でも圧力をかけて世界の富を吸い上げていくんだ。それをグローバリズムだと言ってる。日本は金持ちだからまだまだいいお客さんだ」

「そう言うけど、みんなアメリカびいきですよ。僕らの世代はアメリカが正義だし、世界の警察だし、世界のリーダー国だと教えられて育ちましたからね。それに中国の台頭は困るから、アメリカに勝ってもらって自由主義を守らないといけない。日本の安全保障や国際秩序のためには多少犠牲になっても仕方がないでしょう」

ももたろうのオヤジもカウンター越しに話を聞いていた。二人の皿におでんの品がなくなると、こんにゃくや玉子やがんもどきを箸で運んだ。その晩は客も少なく、オヤジも自分のグラスでビールを飲み始めた。

「中国とアメリカが世界を巻き込んで覇権争いをしてる。専制主義と自由主義の戦いだし、今は中国が金の力を振り回してるけど、世界は中国を受け入れないと俺は思う。だけど、アメリカが勝者なのかと言えばそうじゃない。トランプ大統領を誕生させた国だ。アメリカは権力と金に支配されて、分断されてる。そんなアメリカが尊敬される国になるはずはない。大量の難民がアメリカ国境に押し寄せてるけど、原因はアメリカの新自由主義がもたらした強奪と貧困じゃないか。日本は自由主義国だけど、アメリカか、中国かじゃなくて、成熟した国家をめざすべきだと思う。強いて言えば、ヨーロッパ型の自由主義じゃないか?ドイツやフランスや北欧なんかは福祉型資本主義で福祉や環境に重点をおいてる。本来、日本はアメリカみたいな狩猟民族的な国じゃなくて、農耕民族的な共存共栄の国だろう。日本人はそういう人間性や文化を持ってるはずだ」と剛太が言った。

「戦後、我武者羅（がむしゃら）に働いた時代は金も豊かさもなかったけど、ゆとりや日本的な人情が生きてましたよね。思いやりとか、助け合いとか、社会の包容力とか、そんなものがあったけど、バブル崩壊後、どんどん時代が変わってアメリカ化したんじゃないですか？」とオヤジがカウンターの向こう側から口を挟んだ。「日本は一億総中流社会だったんですよ。社会保障が充実して世界で一番成功した社会主義国だと言われた。所得倍増をやり遂げたし、国民皆保険を作りましたよね。高度経済成長の恩恵なんだけど、アメリカ的な思想ではありませんよ。ところが、バブル崩壊から格差が拡大して、『今だけ、金だけ、自分だけ』みたいな社会になっちゃった」

「アメリカの貧富の差は日本の比じゃないでしょう。ほんの一握りの大富豪が莫大な富を独占してるし、上場企業のCEOなんかけた外れの報酬を手にしてる」

「アメリカは弱肉強食で、いびつな社会だけど、それだけとも言い切れないんですよ。昔から大富豪が莫大な寄付をして慈善事業を支えてきたんです。有名なスポーツ選手やアーティストもそうです。税制の違いもあるけど、やはり宗教じゃないですか？慈善慈愛の精神が社会を支えてきた。日本にはそういう人はいませんよね」とオヤジが言った。

「日本は納税さえ金儲けにしてる。どこに納税したら、肉がもらえるとか、魚がもらえるって制度を国が作ってるんだから、国民にまともな納税意識なんか育たない」

「日本人の気質から言えばアメリカ的じゃないと思うけど、戦後アメリカしか見てこなかったからみんなアメリカの影響を受けてるし、アメリカが好きですよ」

「俺が現職議員だった時、自政党のある長老議員と話したんだ。日本の官僚はなぜ国民よりアメリカに顔を向けるのかって聞いたら、もう一度戦争をしてアメリカに勝つしかないと言われた。自政党の優秀な若手議員はアメリカに招かれて、関係を作るんだそうだ。根っこから取り込まれてる。

でも、戦後80年近く経過した。日本がアメリカの影響を脱して、自立をめざそうとすれば可能なはずだけど、政治家も官僚もそれをしない。たぶん欧州人ならできることが日本人にはできない。自分から事を荒立てることはないし、相手に忖度して自分のムラに閉じこもってる。むしろ占領当時はGHQに抵抗した政治家がいた。60年安保でも10万人が国会を取り囲んで反対した。鳩山一郎とか、石橋湛山とか、日本の自主性を貫こうとした内閣があったけど、岸信介になって一気に流れがアメリカに傾いたんだ。80年近く経っても無条件降伏を続けてる。その結果が失われた30年だ。安田さんも川辺さんもアメリカのご機嫌をとってるだけじゃないか」

「僕は剛さんにもう一度選挙に出てくれと言ってるんだ。どうせ負けるけど、今の政治家が言わないことを街頭で演説して欲しいからね。日本人は平和な空気の中でのほほんと生きてる。自分の頭で考えないし、自分に関わるとも思ってない。自立して、自己主張しないといけないのに意識さえない。やっぱり政治家と官僚の責任ですよ」

「メディアも同罪だ。権力者の顔色ばかり見て、言うべきことを言ってない。テレビのコメンテーターなんか、アメリカの言い分を聞いてきて、時代を先取りしたような顔して日本は変わるべきだとしゃべってる。このオヤジは俺の歴史の先生なんだ。もともと高校の歴史の教師だったけど、10年ほど前に退職しておでん屋を始めた。俺はオヤジから歴史を教えてもらって、日本人が特異な人間性を持ってるとつくづく感じた。アメリカが無理強いしてるんじゃなくて、日本が自ら従属してる。日本人自身が選択してるんだよ」

オヤジが照れ笑いをしながら話し始めた。「何も専門家じゃありませんよ。日本人が他の民族と違うってことはいろんな人が言ってきました。日本は単一民族で、島国で、言語も風俗も一緒なんです。みんながほとんど同じ環境で育って、同じような思考や感性を持ってる。小さな部族ならいざ知らず、一億人もいる国民が同質だなんて世界に例がない。異質なものを拒むけど、内向きには結束するんです。外来の文化や思想がたくさんあるけど、日本人はそれを消化して自分たちに都合よく吸収するんです。日本は近代以降、波乱に満ちた歴史を辿ってきたけど、その原因が日本人の特異性だと考えると合点がいくんですよ」

オヤジは自分のグラスにビールを注ぎながら話を続けた。「明治維新で劇的に西洋化を果たした時代も、軍国主義に熱狂していった時代も、戦後に高度経済成長した時代ももの凄いパワーを発揮するんです。かと思うと、憑き物が落ちたように突然転向できるんです。日本人は熱しやすく、冷めやすいって言うじゃないですか。もともと日本人は無宗教だし、理念に欠けると言われてる。その反面、環境変化への順応性が高いし、歴史も忘れてしまう。韓国は徴用工だとか、慰安婦だとか、80年も前のことを拘ってるし、日本では昔の話をいつまで言ってるんだと思ってる。彼らには日本に占領された民族の傷みが魂に刻み込まれてるんじゃないかと思います。日本は原爆を落とされて、数十万の民間人が熱線で焼き殺された。核廃絶は訴えるけど、なぜアメリカの非人道性を糾弾しないのか、不思議に思うんです。アメリカに対してものが言えないと言うより、過去のことは目の前から消えるんですよ。僕にはそれが怖いことだと思える。今は平静にしてるけど、突然何かに火がついて熱狂して暴走するかもしれない。その時、日本人は同じ空気に包まれるからブレーキも効かない。これは日本の歴史の教訓じゃないでしょうか」

「欧米は宗教的な理念や合理的な判断が基本にあるけど、日本は家族的な情や感傷が優先するんだ。うちの会社経営を見てもわかるけど、数字や分析なんか見てない。日本の組織は仲間内とか、家族とか、学閥とか、そんなものでできてる。内々心が通じてることが前提なんだ。ムラ意識が強いんだよ」

「僕は日本人がダメだと言ってるわけじゃありません。日本人の優れたところはいくらでもある。でもここ150年、民族として辛い経験を重ねたんだから、もっと歴史を学んで欠点を克服した方がいい。そうしないと同じ失敗を繰り返してしまう。今、ネトウヨが増えてるけど、彼らはムラ的で、独善的な気がする。自分の世界に引きこもってますよ。もっと客観性や合理性を持って欲しいと思います。自分たちのためですよ」とオヤジが言った。

「日本人が自らの良さを捨てて、アメリカ的な思考になびいているのは滑稽だよ。悪い面ばかりが目立ってきた」

「気候変動とか、食料危機とか、各地の紛争とか、南北問題とか、地球規模の危機が迫ってます。

日本人は思いやりとか、もったいないとか、共存共栄とか、そういう精神を育んできました。そんな日本人らしさが地球レベルで必要だと思います。アメリカだの、中国だのいう前に日本人的な視点で主張すればいい。現実にはそうやって世界各地で活動して、評価されてる日本人、しかも個人がたくさんいます。ところが政府や権力を握ってる人たちはアメリカに追従するばかりで、世界から馬鹿にされてる。競争とか対立じゃなくて、日本人の精神や人間性が地球の危機を救えるかもしれないのに」とオヤジが言った。

「政治家も、官僚も、マスコミも目先のことばかりで大局観がない。保身や利権を優先して、内輪の論理から脱却できない。ムラ社会の負の典型だ」

「立派な議論だけど、おやじ連中がどんなに愚痴っても世の中変わらないですよ」

「たくさんの人が気づいてるけど、世の中は変わってない」

「こんな話をしてると飲み過ぎますよね。今日はそろそろ切り上げましょう」

二人は席を立った。

修一郎は駅をめざして一人歩いた。街頭は冷えて季節が進んだことを思わせたが、酒で火照った身体には心地よく感じられた。私鉄の小さな駅の改札口を抜け、数段の階段を上った。ホームのベンチには酔っ払いの男たちが座っている。

いつものアナウンスが流れて新型車両がホームに入ってきた。東京では珍しく3両編成の電車だ。

昔は目蒲線といって、古い型の車両が走っていたが、今は多摩川線と名称も改められた。修一郎は昔の車両に愛着があって、懐かしく思い出すことがある。

酔った身体をシートに預けると、鼓動のような心地よい揺れが伝わってくる。東京にもローカル線のような電車が走っていて、30年以上もこれで通勤していることを内心嬉しく思っている。

次の駅で老人男性と3歳くらいの女の子が乗ってきて、修一郎の向かい側に並んで座った。夜10時を過ぎた時刻に違和感があったが、女の子は老人の腕に抱きついて離さない。老人が手提げ鞄からおやつを一つ取り出すと、女の子は嬉しそうに受け取って小袋を開け、小さな口に入れた。

修一郎はしばらくこの老人と少女に思いを巡らした。老人はこの子の親から頼まれて少女をどこかに連れて行くのかもしれないし、親が少女を世話できないために預かっているのかもしれない。あるいは祖父と孫だけで暮らしているのかもしれない。修一郎はこの少女が幸せな人生を送ることを心から願った。

電車が多摩川駅に到着し、修一郎は下車した。わずか5分ほどの間だったが、大都会で暮らす二人の姿が心に残った。

２０２３年１月　不確実な世界と市民生活

２０１９年に中国の武漢で発生した新型コロナウイルスの感染者は７億人、死者は７００万人に達したと言われている。人の移動と交流が制限され、生産活動や物流が止まり、世界に戦後最悪の経済危機をもたらした。

世界がパンデミックの脅威から脱しつつあった２０２２年、ロシアが突然ウクライナに侵攻し、世界を驚愕させた。主権国家の平穏な日常が強大な軍事力によって蹂躙され、多くの市民が犠牲となった。両国が供給していたエネルギーや食糧が停滞し、世界経済を混乱に陥れた。侵攻から１年が経過しても収束の目途は立たず、プーチン大統領は核使用さえちらつかせ、まかり間違えば第３次世界大戦につながりかねない。

２０２３年の年明けは穏やかな天候に恵まれたが、日本周辺は朝鮮戦争以来の緊迫した状況にあると言って差し支えない。２０２２年８月にアメリカのペロシ下院議長が台湾を訪問して以降、中国は反発を強め、軍事演習や台湾防空識別圏への侵入を繰り返している。北朝鮮は２０２２年に99発のミサイルを発射したが、元旦にも弾道ミサイル１発を日本海に向けて発射し、軍事的威嚇を強めている。

政府は軍事的脅威に対して5年間で43兆円の防衛予算支出を決定した。テレビ各局は中国による台湾侵攻のシミュレーションや南西諸島での自衛隊ミサイル基地の設置などを取り上げ、日本周辺に戦争リスクが迫っていることを感じさせた。

国内経済は急激な円安が若干緩和されたものの、輸入品やエネルギーの価格は上昇を続け、庶民生活に打撃を与えている。毎月、千点を超える商品価格の値上げが報道されたが、年内いっぱい物価上昇が続くと予測されている。

大企業は円安による輸出拡大が見込まれ、賞与の増額やインフレ手当の支給が伝えられた。一方、中小企業は仕入れ価格や人件費の上昇、人手不足によって経営環境が厳しさを増し、賞与を支給できないとの声も聞かれた。格差が一層拡大し、国内に分断を招いているとメディアは報じた。

修一郎は正月休みを妻の美佐子とともに家で過ごし、テレビの報道番組を見ていた。

「コロナがあって、ウクライナ侵攻があって、物価高があって、この先何があるのか、とても不安になる」と妻がぼやいた。

「そうだね」

「これまで日本が戦場になるとか、パンデミックになるとか、考えもしなかったし、物価が上がることもなかった。なぜ次から次へといろんなことが起きるのかしら？」

「コロナは収まるだろうけど、４～５年で次の感染症が流行するって話だ。アフリカの未開の地まで行き来がはじまったし、シベリアの永久凍土が融け出して未知のウイルスが生き返るかもしれない」

「これまで40年も50年も生きてきたけど、そんな心配したことがないわ。ずっと平穏に暮らしてきたのに」

「つながってるんだろうね。ドミノ倒しみたいだ。独裁者が身勝手な行動をして、弱者に不幸が押し付けられる。プーチンはロシア帝国を妄想してるし、習近平だって力ずくで世界覇権をもくろんでる。北朝鮮の金正恩なんか、自分のためには何千万人の人間の命なんかどうでもいいって思ってるだろう。日本はそんな国々に囲まれてる。アメリカだってトランプが大統領になったら、世界の秩序がどうなるのか恐ろしい。ヨーロッパや中東にも波及してタガが外れてしまうんじゃないか？世界中で戦争が起こって、市民は犠牲になるし、途上国では餓死者が続出する。領土や資源の奪い合いが始まるような気がする」

「そうよね。でも、紀夫に同じことを言ったら、何も考えてないのよ。ちょっと驚いた。先の心配なんか全然してないわ。あなた、宇宙人のつもりって言ったのよ」

「若い子の考えは分からない。豊かで平和な時代はいつ終わっても不思議じゃない。国内にいてもわからないし、テレビに映っても痛みも辛さも伝わらない。どうせ紀夫はニュースも見てないよ」

「そうよ、食料危機が来るかもしれないし、地震が起こるかもしれない。せめてお金を貯めたいけど、この物価高で全然ダメよ」

「給料は上がらないし、年金も減るだろう。超金持ちと貧困層との格差が広がる。本当に暮らしにくい世の中になった」

「女性の平均寿命は88歳なんだって。私、あと33年もあるけど、そんなに生きたくないわ。病気もしたくないから、早めにコロッと逝ったほうがいい」

「生きてる間は頑張らないとな」

「この先、いいことなんかないんじゃない？」

1月6日に仕事始めを迎えた。会社には年末から顧客の増産要求が提示されていた。半導体供給の緩和や中国のロックダウン解除を見込んでメーカーが生産計画を見直したからだ。従業員数は以前よりも減少して30名足らずだが、生産変動に合わせて人材派遣で調整していた。受注の回復に伴って人手不足が深刻な課題になっていた。

早速、年始の挨拶を兼ねて社長と修一郎は取引先を訪問した。

「生産が増えてきたから今年はよろしく頼みます」と面談したワールド電産の購買部長がにこやかに話した。

「有難うございます。コロナ以降、生産量が落ち込んでましたからしっかり取り返したいと思ってます。よろしくお願いします」と社長が応えた。

「春には新機種が出てくるからさらに増産になりますよ。人を増やしてもらわないと間に合わないんじゃないですか？」

「承知しています。5～6名の増員を考えてます。しかし、人手不足が深刻で派遣会社からは10％程度時給レートを上げないと応募が見込めないと言われてます。そこでご相談なんですが、原材料価格や電気料金の高騰もあって経営努力ではなかなか追いつけません。ぜひ加工単価の見直しをご検討いただけないかと思っています」と社長が切り出した。

購買部長は露骨に社長から視線を反らした。「値上げってことですか？今日は年始の挨拶だって聞いてたけど。お宅も大変だろうけど、うちだって大変でね」

「見積りだけでもさせていただけないでしょうか」

「人材は集まるんですか？集まらなければ、生産できないし。お宅には頑張ってもらいたいけど、無理したらそれこそ経営に影響しますよ。他に人が余ってるところもありますからね。まあ、単価の件は担当に話しておきます」

「申し訳ありません。よろしくお願いいたします」

そう言うと、早々に退席した。帰りの車に乗り込むなり、修一郎が社長に話しかけた。「渋いですね。円安で輸出が伸びてるから利益が出てるはずだけど」

「そんなもんだよ。メーカーは下請けに対して値引きすることしか考えてない」

「仕入れ価格や電気代の上昇は分かってるはずなのに」

「以前は数量があったから誤魔化しが効いたけど、これだけ減ってたらどうしようもない。どう対応するのか、打ち合わせよう。増産要求に応えられないかもしれない」

数日後、緊急の会議が招集された。会議には社長、常務、工場長、班長、さらに剛太が参加した。剛太は以前勤務していた会社の役員と親交があり、交渉上都合がいい面があるからだ。

各社からの増産要求と人員不足の状況、さらに損益見通しが示された。人材派遣5人の採用を見込んでいるが、時給レートを10％割り増ししているため、売上が増えても依然として赤字のままだ。

「人員確保の見通しはどうなんだい？」と社長が口火を切った。

「明後日、２人と面接することになりましたが、あとはまだです」

「残業や休日出勤でどこまで生産を上げられるだろう？」

「今でも1時間ほど残業をしてますから一時的に凌げても継続は無理でしょう。人を増やさないと」と班長の宮崎が言った。「今の派遣は給料よりも休みを欲しがって残業してくれない。最低6～7人は欲しいですね。それとこの際だから言いますけど、大手の賃上げニュースがあるじゃないですか。今年は上がるんだろうかって社員から声が出てます」

「これだけインフレが続いてますからね。少しでも上げてあげたい。退職者が出るんじゃないかと心配してます」と修一郎が続いた。

「コロナ資金の返済が始まるから売上を増やしたいけど、人件費の増加分と電気料金の値上げで利益が圧迫されてる。厳しくなる一方ですよ」と常務が言った。

「この2年抑えてたから、今年はわずかでも昇給させたいと思ってる。受注が増えるこの機会にレートの引上げを要求しないといけない。人も増やして売上をもっと伸ばそう。常務、人件費の増加と増産を見込んでもう一度、損益試算をしてくれないか」と社長が言った。

「ワールド以外は材料の値上がり分を含めて受注単価の再見積もりをさせてもらってます。ワールドにはもう一度行って担当者と交渉します」と修一郎が言った。

「剛太兄さんも新しい仕事がないか、昭和電機産業に頼んでもらえませんか?」

「わかった。久しぶりだけど行ってくるよ」

「この電気代、間違いじゃないですか?こんなに上がるんですか?」と損益試算を見て、宮崎が驚いたような声を出した。

「割引がなくなったからではあるけど、ウクライナ侵攻前と比べたら倍になってますよ。早速政府が原発の稼働推進を表明してくれたけど、再稼働してもらわないと益々電気料金が上がってしまう。国民にアレルギーがあるから躊躇してるんだろうけど、日本の政治は弱腰だから」と常務が言った。

剛太が口を挟んだ。「その割にガソリン代が上がってないんだよ。エネルギーの輸入価格が上がって、国は同じように補助金を出してるし、再エネなんかもあるのに。政府は電気料金の高騰で国民が音を上げるのを待ってるんじゃないか？」

「なるほど、原発推進の好機だと思ってるのかもしれませんね」と宮崎が言った。

「政府が本当のことを言ってると思ったら大間違いだよ」と剛太が笑いながら言った。

常務は熱心な自民党支持者だが、剛太を睨みつけた。「エネルギーコストの上昇で国民が困ってる。原発で少しでも電力料金が下がれば国民は歓迎しますよ。一部の反対派が邪魔するからスムーズにいかないいんだ」と突き放すように言った

2023年3月　浮遊する政治

川辺政権の下で2023年度予算が可決成立した。総額は11年連続で過去最高を更新し、114兆円となった。国債発行は35兆円を超え、財源の3割を占める。この数年、コロナ対策と円

安対策で予算が急拡大していたが、それを上回る規模となった。中でも突出しているのは防衛関係費で前年の26%増だ。さらに防衛力強化資金繰入れという新たな枠組みを設けて3兆円余りを計上し、合わせると10兆円を超える。社会保障費は高齢化の進展に伴って6千億円余り増えて36・9兆円となる。川辺総理が異次元の少子化対策とした子育て予算は1・46兆円が計上され、2・6%の増加となった。

これに先立って政府は2022年度予算の予備費から物価支援対策として低所得者向けに子ども1人5万円給付や住民税非課税所帯への3万円給付を決定した。地方統一選挙対策と揶揄されたが、巨額の予算支出が国会審議もないまま決められ、大盤振る舞いが繰り返された。

2020年のコロナ蔓延以降、財政のタガが緩み切っている。コロナ対策費として14兆円が支出され、その後の円安による物価対策費として15兆円が支出された。非常事態を理由に財政議論は封殺され、理念なきバラマキが慢性化している。増額された防衛予算や子育て予算の恒久財源問題も先送りされ、国債依存への危機感が欠如している。

修一郎は会社にいた剛太を誘ってもたろうへ向かった。細長い店のカウンター席の一番奥が定位置だ。剛太はキープしている一升瓶の芋焼酎をロックで飲む。修一郎はビールを一本飲んだ後、熱燗を注文する。酒を用意した後、オヤジがおでんを見繕ってくれる。

「剛さんの前で申し訳ないけど、僕は日本で革新政権は馴染まないと思ってます。自政党が高度成長時代を担ってきたから信頼感があるし、時代とともにやるべきことをやってきたって気がする。野党は相変わらず頼りないけど、このところの与党も本当にダメになったと思う。川辺内閣の支持率は低迷してるけど、統合教会問題だって誠実さが無さ過ぎますよ。統合教会がいろいろ事件になってることなんか前から知られてたのに票が欲しいから付き合ってたんでしょう。関係が発覚すると途端に掌を返してる。北朝鮮との関係も指摘されたけど、小手先の被害者救済法案で早々と幕引きしたじゃないですか」

「両方ともダメなんだから政権交代で切磋琢磨したらいいんだけどな」

「安田さんが亡くなって川辺さんが独自色を発揮するのかと思ったら、ぜんぜんですよ。総理就任時に掲げた『新しい資本主義』なんかお題目だけでしょう。異次元の少子化対策だって具体策も財源もなくて、出生数80万人割れのニュースで突然思い付いたってことを暴露したようなもんですよ。徴用工問題も韓国側が譲歩を示したのに右派への配慮から対処できないってテレビでやってた。LGBTも自政党内の意見集約が難航して前に進んでない。山積みの課題があるのに時間だけが経過して、メディアも次から次へと行くからすべてほったらかしになってる」

「自政党内でも不満が充満してると思うけど、総理を脅かす対抗馬はないし、選挙も遠いから模様眺めしてる。こんな政情なんだから野党が目を引く政策を掲げて国民を巻き込んでキャンペーンをはじめたらいいと思うけど、平穏そのものだ」と言って剛太が笑った。

棚のテレビではいつも報道番組が流され、音は消されているが、テロップが映し出される。その日の番組で春闘結果を特集していたが、修一郎が反応した。キャスターはインフレを背景に大手企業は労働組合側からの大幅な賃上げ要求にも一発回答が続いている。優秀な人材を確保したいという企業の思惑があるとした。

「大手の春闘相場はすごいですね。平均で1万3千円のアップだなんて。一時金も5～6か月と言ってる。こんなニュースが流れるたびにうちの従業員がどういう気持ちで見てるのかと思うと、本当に辛いですよ。真面目にコツコツと頑張ってくれてるのに」と修一郎が口を開いた。

「そうだな。でも大手は今まで何をやってたんだろう。今年、特別業績が良かったわけでもないのにこれまで抑え込んでたんだよ。30年も賃金が下がり続けてるんだから」

「だから内部留保が500兆円も溜まったんですよ」

「よそが賃上げしないからうちもしない。よそが賃上げするからうちもする。伝統的な護送船団方式が今も健在だ」

「大手は大盤振る舞いしてるけど、下請けや仕入れ業者の購買価格をどう考えてるんだろう。下請けだって従業員を抱えてるからそこにも言及してほしいけど、結局メディアも恵まれた人たちなんですよね。組合の組織率なんか16%なんだから」

「日本の製造業が強いと言われたのは、下請けの中小企業が高品質の部品を作ってるからだけど、人材はいないし、資金はないし、経営者も高齢化してる。賃上げできる会社とできない会社で運命の分かれ目になって、中小の淘汰が始まるよ」

報道番組は日銀の田代総裁の引退に話題を変えた。画面には田代総裁が満面の笑みを浮かべて会見に臨む様子が映し出された。

「オヤジさん、テレビの音出してくれないか」と剛太が言った。

田代総裁は10年間、日銀総裁の任にあったが、当初目標とした賃金上昇を伴う2％のインフレ目標は一度たりと達成されることはなかった。図らずも低金利政策に伴う円安が輸入品価格を上昇させ、急激なインフレが国民生活を窮地に追い込んだ。会見で異次元の金融緩和について問われると、田代総裁は成功だったと明言し、その成果を誇った。記者から金融市場の機能低下や日銀による50％を超える国債保有、財政規律のゆるみ、国債の暴落リスクなど相次いで指摘されたが、何一つ明快な返答はなかった。

「なぜ、あんな笑顔ができるんだろう」と剛太はあきれた表情で言った。

「もう責任がなくなったって安堵感からでしょう」

「自分がやったことをすべて正しかった、成功したと言い切って、開き直ってる」

「いろんなリスクが言われてるけど、どう責任を取るんでしょうね」

「安田総理が望んだ通りやったんだから自分の責任じゃないと思ってるよ。異次元の金融緩和は単純なロジックで、日本経済のファンダメンタルや社会的条件から練り上げたものじゃない。安田さんは当時野党だったから、政策は右派とリフレ派が提言したんだろう。官僚だったらこんな政策にはならないよ。でも安田さんが総理になった以上、官僚はどんなに変だと思っても疑問や異議を唱えることなんかできない。無茶な政策が実行されることになったんだ」

「田代バズーカって言うけど、バズーカ砲のことでしょう?」

「次々と緩和策をぶち上げたからだ。田代さんも初めは2年くらいで目途をつけると言ってたから、威勢よくぶっ放したんだよ。科学的な根拠というより、希望的な憶測だったんだろうから成果がでないばかりか、ずるずる10年も続いて弊害だけが目立ってきた」

一緒にテレビを見ていたオヤジが言った。「僕はよく戦争の歴史を重ね合わせるんですが、太平洋戦争も同じですよ。東條英機が日米開戦を決めて、真珠湾攻撃を仕掛けたんだけど、アメリカを相手に大規模な戦争を始めたのに十分な構想や戦略がなかった。山本五十六にはそれが分かっていたから2年は戦えるけど、それ以上は無理だと言ったんです。田代総裁は異次元の金融緩和だと言って田代バズーカをぶっ放しましたけど、大戦と同じでやっては見たものの収拾できないでいるとしか思えない」

「金を借りやすくすれば、みんなが借りて投資するから経済がよくなるって話だけど、手段だけで目標やビジョンがない。それにうまく行かなかったらどう収束するとか、弊害にどう対処すると想定してたとは思えない」

「日米開戦を決めた御前会議にはアメリカは日本の10倍の国力があると報告されてます。日本には金がないし、石油もないと分かってた。大本営の重鎮も認識してたけど、誰も反対意見を言える空気じゃなかった。東條英機は御前会議で日本には神風が吹くと言ったんです。長期戦は無理だと分かってたわけだから、短期戦で早く停戦に持ち込むという戦略があって然るべきだけど、戦争の収め方も考えてなかった。合理的な情勢判断や戦術がなかったんです。異次元の金融緩和も10年続けてるけど、弊害が顕在化してるのに修正はないし、出口もないと言われてます。権力者の思惑や過信だけがあって、その場の雰囲気や精神論でものごとが決まってる。開戦当時も今日も同じことを繰り返してるんじゃないですか？もの凄く日本的な決断ですよ」とオヤジが言った。

「日本人の特異性だよ。大本営も、官邸も、閉鎖的な密室で自由に物が言えない。お上の御威光とか、しがらみとか、保身とかに縛られて都合のいい情報しか入らない。合理性も、精緻な分析も入り込めない。その場の空気を壊したら、自分の立場がやばくなる。作戦が失敗しても追及しないし、検証しないし、誰も責任を取らない。第二次世界大戦で目算のない戦争に突入して、悲惨な玉砕を繰り返して数知れぬ若者が犬死したんだ。結局３００万人もの犠牲者を作って、国土を焼け野原にした。俺たちもまた、同じ失敗を重ねて失われた30年の日本を生きてる」と剛太が言った。

「ヤスノミクスは安田、菅野、川辺と３代の政権で継承されてるじゃないですか。国際情勢も経済情勢も目まぐるしく変化する時代に10年続けても成果が出ない政策を見直しも検証もしないのはなぜですか?企業経営ではあり得ないし、どんな大企業だって倒産ですよ。安田さんの目玉政策だったとか、安田親派が睨みを効かせてるからって話でしょう。ヤスノミクスを修正したら安田さんのご威光が失墜して、自分たちの権威や派閥の力が落ちると考えてるんでしょうね」

「戦前の軍部は国民の窮状なんか考えなかったし、若者を戦場に送り込んだけど、今の政府はお金をばら撒いて国民のご機嫌を取ってますすよ」と修一郎が笑いながら言った。

「政治が責任を果たしてるわけじゃない。借金して、金をばら撒いて、将来にツケを回してるだけだ。国民が1200兆円の借金を払うのか、経済と社会が破綻するかだ。根本的な解決を避けて、問題を先送りしてきた。既得権と対決したり、アメリカに自己主張して国益を守るべきなのにいつも逃げてきた。国民も楽な環境に慣れ切ってるから、目先のことしか考えなくなってる」と剛太が言った。

「戦前も戦中も国民にはまともな情報が与えられなかったけど、今も同じですよ。大本営発表とさして変わりませんよ。情報量は多いし、成熟してるはずなのに政治は国民が考えるチャンスを奪ってきました。安田さんの解釈改憲なんて最たるものです。自政党政権だって平和憲法の下で専守防衛を掲げてきました。個別的自衛権はあるけど、集団的自衛権はないとしてきました。憲法9条はアメリカから押し付けられたというより、大戦の耐え難い痛みと教訓が国民にそうさせたと僕は考えてます。ところが安田さんは憲法改正の議論を避けて、憲法解釈だけを変えて集団的自衛権の行使を認めたんです。行使容認を主張してた小林とかいう官僚を法制局長官に据えて、憲法上の最重要課題を国会の議論もせずに閣僚だけで決めてしまった。国民が国防というものをしっかり考えるべきだったのに、その絶好のチャンスを奪ったんです」とオヤジが言った。

「川辺さんもそうだよ。反撃能力と言い換えたけど、はじめは敵基地攻撃能力と言ってた。トマホークの射程距離は1600キロで中国の内陸部まで届くんだ。400発も配備するけど、川辺さんは専守防衛だと言ってる。こんな理屈は国内で通用しても、海外では通用しないよ。それを望んだのは国民じゃなくてアメリカだろう。敵基地攻撃なんてセンシティブな戦術だけど、アメリカの要求を鵜呑みにしたんだ。国民の命にかかわる課題を言葉で誤魔化した」と剛太が言った。

「自民党の国防族が勇んだんでしょうね。政治は国を守ることがどんなことか、国民に真正面から問いかけるべきだけど、いつも議論から遠ざけてますよ」

「日本人は平和ボケしてるけど、日米安保条約があるから日本は安全です、みたいなことを政治が言うから、国民は深く考えないんですよ。韓国にも台湾にも徴兵制がありますよね。ウクライナじゃ女性が銃をとって戦ってる。スイスは永世中立国だけど、国民が軍事訓練を受けて、家庭に武器があって、子どもの頃から国防や国家の自立について教育を受けてるって言うじゃないですか」と修一郎が言った。

「そうですよ。僕は平和主義者だけど、日本で肝心の中身が空洞化してることにもの凄く不安を感じます。国民は金さえ出せば、国が守れると思ってる。自政党は戦闘機とか、ミサイルとか爆買いするし、愛国心は主張するけど、徴兵制はともかく、国民の責任も教育や訓練も口にしない。軍事力、軍事力って言うけど、日本人に国を守る意識があるんだろうかって疑問に思います」とオヤジが言った。

「平和は金では買えませんよね」

2023年6月　根腐れしつつある社会

仕事の受注量は徐々に増加していたが、従業員の確保が追い付いていない。人材派遣で急場を凌いでいるが、職場の高齢化も進んでいる。工場長である修一郎の課題は作業者の確保とともに若手人材を育成して現場力の維持を図ることだった。

会社の休憩時間、二人の若い男性社員がベンチで缶コーヒーを飲んでいた。3か月前に派遣社員として入社したばかりだが、仕事の覚えも早かった。修一郎は横に座って二人に声を掛けた。

「仕事はどう?元気にやってる?」

二人で顔を合わせ、仕事を気に入っている、と言った。

「正社員になるつもりはないか?スキルを積めば昇給する。生活も安定するよ」

「そこまでは考えてないです」

「何かやりたいことがあるのか?」

「何かある?」隣の男がもう一人の男に言葉を伝えた。

「いや、別に」

「僕はユーチューバーになりたいと思ったけど、一発芸じゃ無理だって諦めた。楽じゃないわ」と言って隣の男が笑った。

「結婚してるのか?」

「結婚?ぜんぜんそんな気ないよな」二人は同様に笑って答えた。

「二人とも二十代後半だよね」

「もう三十だけど結婚は考えてない。奥さんに金を取られるし、子どもができれば時間も取られる。今は実家にいるから家賃もかからないし、お母さんが食事も洗濯もやってくれて小遣いまでくれる。

いつか結婚してもいいけど、当分いいですよ」と隣の男が言った。

「夢がないな。そんなこと言ってたらすぐに齢を取ってしまうぞ」

「結婚したら夢がなくなっちゃうよな」

「工場長は結婚して夢が叶ったんですか？」ともう一人の男が言った。

「そうじゃないけど、僕の頃は友だちが結婚するし、それが当たり前だと思ってた」

「今はこれが楽だし、不自由もない。いろいろ結構楽しいよな」

「そうか。仕事を覚えると楽しいぞ。もっと向上したいと思うようになる」

「頑張ってますよ、僕ら」

チャイムが鳴って、彼らは工場の中に消えた。

日曜日、修一郎のもとに姪の山形知恵が訪ねてきた。この春に高校を卒業し、都内の会社に事務職として就職したという。新入社員らしい初々しい笑顔を見せた。高校入学直後に父親を自殺で亡くしたが、その衝撃を乗り越えて立派に就職してくれた。修一郎には本当に嬉しい報告であり、実の娘のような愛おしさを感じた。

ちょうど居合わせた長男の紀夫とともに近所のファミリーレストランへ出かけた。

紀夫は知恵の二つ年上で、2年前に大学へ進学しているが、知恵と比べるといかにも子どもっぽく見えた。妻からは家でスマホやゲームばかりしているし、大学を欠席してアルバイトをやっていると聞いていた。

「知恵ちゃんは夢があるの？」

「大きな夢なんかないけど、しっかり仕事して母親を安心させたい。父親を早く亡くして、母はずっと私のことを気遣ってくれたから」

「結婚は？」

「相手がいません。母が一人になるから、できれば母と一緒に暮らしてくれる人を探したい」

「そうなるといいね。楽しみだね」

「紀夫さんは大学ですよね。どんな勉強してるんですか？」と知恵が尋ねた。

「バイト部」と言って紀夫が茶化した。「稼がないと小遣いがないからね」

「大学へ行ってるのか？しっかり授業を受けないとだめだぞ」

「大丈夫だよ。国際情報学部に通ってるけど、興味があったというより、たまたま合格したから」

「知恵ちゃんの方がよほどしっかりしてる。少しは知恵ちゃんを見習え」

「うまくやってる。大学は交友を広める場なんだ。今しかこんなことできないからね」

「将来のこと考えておかないと後悔するぞ」

食事を終えて知恵が帰り、紀夫はバイトだと言って家を出ていった。入れ違いに帰宅した妻に紀夫への不満をぶつけた。

「紀夫はダメだな。就職だってこの先、厳しくなるのに自覚がないし、やる気もない。知恵ちゃんの方がずっと大人だ」

「仕方ないですよ。あんな子なんだから。勉強が嫌いだって言ってるし、バイトが結構楽しいみたいですよ。本業にしようかなって言ってたわ」

「何をやってるんだ？」

「炉端焼きの店だって」

「ちゃんと卒業しないといい就職ができないからな」

「家で勉強してる姿なんか見たことがない」

「ちゃんと言わないとダメだよ」

「あなたが言って下さいよ。気が付いたらわたしも言ってます」

それからわずか3か月後のことだった。修一郎が家に帰ると、妻が夕飯の支度をしながら言った。

「紀夫が大学を辞めたんですって」

「えっ、中退したのか？」

「昨日、退学届けを出したって言ってた」

「そんなこと相談もなしに決めたのか？」

「そうなのよ。怒ったんだけどね」

「今、どこにいるんだ？」

「バイトよ。社員になるらしいわ」

「呆れたやつだ」

「なんでも簡単に考えてるから」

「理由は何だと言ってるんだ？」

「勉強が面白くないって言ってたし、休んでばかりだったから。サラリーマンになりたくないとも言ってた。今の仕事の方がいいって」

「何のために進学したんだ」

「帰ってから聞いてやってよ。あなただってぜんぜん話をしなかったじゃないの」と妻が言った。

「紀夫は何時に帰って来るんだ？」

「店が終わってからだから、深夜1時頃でしょ。いつも寝てるからわからないけど」

それから数日、修一郎は紀夫のことを考えていた。自分の教育が間違っていたのか、今の世相なのか、いずれにしても一度しっかりと話し合うつもりだった。息子の話を聞いてもらうために剛太を誘ってもたろうへ行った。

「昔のようにレールの上を歩く人間ばかりじゃないし、何が幸せか、わからない。やりたいことを見つけて頑張るんならそれでいいじゃないか」と剛太が言った。

「僕の息子だから大企業へ行って出世できるなんて期待してないけど、真剣に考えてるとは思えない。目標がないし、行き当たりばったりだ。親としてこれでよかったのかと思う。大学を中退するって言うのに何の相談もない。家族というよりただの同居人ですよ」

「修ちゃんの家庭だけじゃないよ。親子の会話がないし、タテヨコのつながりも希薄になってる。俺たちの時代とは生き方が変わって、子どもが育つ環境もぜんぜん違う」

「ゆとり教育と言われた世代ですよ。学校のせいにするつもりはないけど、今の若者は覇気がないし、向上心もない。うちにいる派遣社員もそうですよ」

「俺は子どもを育てた経験がないからな。オヤジに聞いてみろよ。元教師なんだから」

「オヤジさん、今の若者をどう思う？」と修一郎が声を掛けた。

「僕は教師失格と言われて辞めた男ですよ。そんなことわかりませんよ。でも、今の学校は大変ですよ。僕が教師になった頃は生徒が暴れて、校内暴力が問題になってました。生徒が学校や教師に反発したんだけど、彼らは教師に向かってきた。生徒に殴られるって何度も身構えましたよ。今は学級崩壊が問題になってるけど、反抗じゃなくて、子どもと意思疎通が図れないし、そもそも目線が合わないらしい。授業中だから席に座ってくれとか、お菓子を食べるなと言っても聞いてくれない。本人に注意してもダメだから、親を呼び出すんだけど、親はそんなことで呼んだのって、忙しいのにって顔してるらしい」

「やっぱり生育環境が変わったんだよ。俺が小さい頃は親父が家で仕事を始めたから、職人がいたし、客が来たし、いろんな人に遊んでもらった。昔は家庭の中じゃなくて、地域で子どもが育ったんだよ。親父は躾けが厳しかったし、他所(よそ)の人にもよく怒られた。お袋は優しかったけど、世間体ばかり気にして小言を言われた。今の子は家に閉じこもってゲームやスマホが親代わりになってる。嫌なものはテレビでもゲームでもスイッチを切れば済むんだよ」と剛太が言った。

「よく分かりませんけど、お人形みたいに大切にされてるか、ほったらかしになってるか、そんな家庭が多いような気がします。父親と母親が子どもと向き合って会話したり、仕事を手伝わせたりしたらいいんですけど、なかなかできませんよね」とオヤジが言った。

「息子が思春期の頃、何か話をしないといけないと思ったけど、何をどう話すのかわからなくて、結局話さなかった経験がある」と修一郎が言った。

「そんなもんだよ。親が子どもに何を教えればいいのか分からなくなってる。日常生活を振り返ったらよくわかる。行動の判断基準はそうあるべきとか、何が正義とかじゃなくて、好きか嫌いかになってる。自分にとって都合がいいか、悪いかしか考えてない。それじゃ人に物を教えることはできない」

「テレビで見たけど、小学生を相手に株式投資を教えたり、親が高校生を仮想通貨の講習会に通わせてるんですよ。講師はこれからの時代は英語と同じように金融や投資を学ばせる必要があると言ってた。母親は子どもには苦労せずに金儲けさせたいと言ってた。さすがにもっと教えるべきことがあるだろうって思ったけど」

「そういう時代ですよ。高校生の闇バイトが多いけど、検挙される子は普通の家庭の子で貧困家庭とは限らないんです。きっかけはネットだから、誰でも可能性があるし、ハードルが低い。小遣いが欲しいとか、見つからなければいいと思っていて罪の意識が乏しいんです」

「親から教育し直さないといけないですね」

「欧米は宗教があるから、子どもは物心がついた時から自然に教えに接してます。日本にはそういう宗教がありませんからね。楽しい家庭は大切だけど、しつけや道徳が軽んじられてます」

「最近は子どもに負担を掛けたくないからって墓じまいが流行りじゃないか。墓がなくなったら、墓参りも法事もない。死んだ親ともすぐに縁切りだし、その子どもは爺さん婆さんを思い出すこともなくなる。コロナから家族葬が普通になった。親には長い人生があって、人のつながりがあって、葬式は最後の別れの場なんだけど、少人数で安い方がいいってことだ。みんながその場限りの付き合いになって、まるで浮き草で根っこがない」と剛太が嘲るように言った。

「首都圏の住人も地方出身者だったけど、ここ30年でガラッと変わりましたね。都会に出て三代もすると故郷がなくなってしまう。昔は十三回忌とか、三十三回忌とか、ちゃんと法要をしたもんだけど、そういう伝統がなくなってきたし、マンションじゃ仏壇のある家も少ないでしょう。貧相な国になってしまうような気がしますね」

「俺には子どもがないけど、もし子どもがいたら死際に何を言い残すだろうって思うことがある。子どもがどう生きるのか気がかりだろうし、孫がいたらその行く末も気になる。幼い子どもたちの未来を変な世の中にしたくないと思う」

「さっきオヤジさんは教師を辞めたって言ったじゃないですか。なんでですか?差し支えなかったら教えて下さい」と修一郎が尋ねた。

「自分で言いづらいだろうから俺が言うけどな」と剛太が話した。「10年ほど前に体罰事件がテレビで話題になった。オヤジさんが二人の生徒の頬を平手打ちしたんだけど、一人の親が暴力教師だと言って教育委員会に持ち込んだんだ。親と弁護士がテレビ入りで会見してワイドショーでも取り上げられた。もう一人の親はそれに加わらず、結局不起訴になったんだけど、それで教師を辞めたんだよ」

「そんなことがあったんですか。余計なこと聞きました」

「別に構いませんよ」とオヤジが言った。

「教師やコーチの体罰事件が問題にされ始めた頃だ。自分の感情を生徒にぶつける質の悪い連中が増えたとは思うけど、メディアが振り回してる。新聞記者もコメンテーターも自分が正義を演じようとするけど、本質を見極める力量がないから、外形だけで判断して勧善懲悪の芝居にしてしまう。

ちょっと変だと気づく者が一人位いると思うけど、空気を壊しちゃいけないからその場では発言しない。みんな流されて、視聴者も鵜呑みにして、薄っぺらな世論ができるんだ。何度もそんな光景を見てきたけど、みんな自分で判断してない」

「いじめや虐待の痛ましい事件も絶えないけど、犠牲になった子どもを思うと本当に可哀そうですよ。当事者が後回しになって、大人の側の立場や都合だけが優先されてる。厄介なことに巻き込まれたくないとか、穏便に済ませたいって希望的観測で目を瞑ってしまうんじゃないでしょうか。一人一人にきちんとした座標が根付いてない」とオヤジが言った。

「このオヤジは生徒の頬を引っ叩いたけど、教師として生徒に愛情をもって引っ叩いたんだよ」剛太はそう言って笑った。「生徒に対して真剣に向き合う教師だったと俺は思う。事情は詳しく知らないけど、生徒の頬を叩いたくらいで暴力事件だと言われたら、生徒と心を通わせることもできないし、真面目に教育なんかできない。だから教師を辞めたんだよ」

「いやいや、今はその行為がいけない時代なんですよ」

ある日、修一郎が会社にいると、宮口工業の倉本購買課長がやってきた。

「倉本課長、いらっしゃい。いつもお世話になってます。先日はご迷惑をお掛けしました。いろいろご配慮をいただいて有難うございました。本当に助かりました。今日はどうかされたんですか?」

と修一郎は立ち上がって丁寧に頭を下げた。

「久しぶりに現場を見ようと思ってね」

「あの不良の件ですか?何か問題になりましたか?」

「そうじゃないよ。あれは一件落着した。今日、社長はいるんだろう?」

「ええ、こちらです」と言って、社長室の扉を開けた。

「ちょっと社長と話があるんだ」

しばらくすると二人は部屋を出て、食事に行くと言って会社を出ていった。

1時間後、社長が一人で戻ってきた。

「倉本課長はどうされました?」

「帰ったよ」

「現場を見たいと言ってたけど」

「いや、用件は済んだ。大したことじゃない」

取引先の担当課長が会社に来ることは珍しくないが、通常は部下や製造部門の担当者と同行することが多い。会社にアポなしで、しかも一人で来ることはこれまで記憶がなく、違和感を覚えた。

しかし、倉本課長は翌月も、さらにその翌月も会社に現れた。同様に社長室でしばらく話をした後、二人で食事に出かけた。

ある時、修一郎が社長に尋ねた。「倉本さん、忙しいのによく来られますね。どんな用件なんですか？」

「発注先を定期的に回るとおっしゃってた」

「流出不良が続いた時は内々に処理してくれて本当に助かりましたからね」

その後も時折、会社へ来ることがあったが、修一郎が応対することはなく、社長とばかり話をしていた。

２０２３年12月　泥沼にはまる世界の金融経済

２０２３年３月、アメリカの中堅銀行であるシリコンバレーバンクが経営破綻した。信用不安が広がり、スマホのアプリで一日に５兆５千億円もの預金が引き出されたためだ。金融への不安が一気に高まり、アメリカ政府は市場の混乱を防ぐために原則を破って預金の全額保護を発表した。

同月、クレディスイスも経営危機に陥り、スイス政府の介入によってＵＢＳが救済合併することになった。さらに5月にはファーストリパブリックバンクの経営が破綻した。アメリカ政府の緊急要請によってＪＰモルガンが買収し、市場への影響は回避された。

リーマンショック以降、そしてコロナ禍を経て各国の中央銀行は量的緩和を続け、世界で壮大なバブルが発生していると言われる。インフレを誘発しているが、利上げをしても沈静化は見られない。相次ぐ金融機関の破綻に対して預金の全額保護や政府の介入が功を奏しているが、モラルハザードの懸念が指摘されている。金融機関はよりハイリスク・ハイリターンの経営に転換し、投資家もリスク商品を求めることになる。

２０２３年は世界不況をもたらしたリーマンショック、コロナ蔓延期に次ぐ、低い経済成長率にある。アメリカではインフレの高止まりや利上げ、労働力不足、中古住宅価格の下落などによって経済は伸び悩んでいる。不動産バブルの破綻に端を発する中国経済の落ち込みが世界経済の足を引っ張っている。長期にわたる金融緩和とインフレ、さらに急速な利上げによってバブル破綻の温床は至る所に潜んでいた。

そして12月に再びアメリカの中堅銀行が経営破綻に陥り、信用収縮が世界に拡散して経済が減速し、米国株式市場が暴落した。

日本市場は5月に日経平均株価が３万円を突破し、バブル期以来の高値を付けていた。欧州やアメリカ経済が伸び悩む中で円安の定着と価格転嫁の成功によって企業業績が改善し、外国人投資家による旺盛な買いが株高を支えていた。しかし、世界経済の先行きへの懸念と金融不安から数日の内に1万円近く値を下げた。世界経済の暗雲に対して経済界から強い警戒が発せられ、日本社会を直撃した。

世界は経済不安の中で２０２４年の年明けを迎えた。川辺総理は年頭会見で情勢変化に機敏に対処すると発言したが、アナリストは金融政策や財政出動の余地はなく、手詰まり感が強いと解説した。一方で欧米諸国は一斉に利下げを断行し、経済の下支えを図っている。

株価や債券の下落によって金融機関は損失を計上し、一部の銀行には預金者が押しかけて預金が引き出される事態ともなった。金融庁は金融機関の経営安定化を図るために地方銀行や信用金庫の統合を急ぐとの考えを示したが、貸し渋りや貸し剥がしが発生し、実体経済への影響が加速することになった。

コロナ融資の返済が始まって以降、企業倒産は顕著に増加していた。ゾンビ企業がコロナ融資のお陰で延命していたに過ぎない。莫大な焦げ付きが表面化しているが、これらは国民負担として積み上げられる。中小企業は円安による仕入れやエネルギーコストの増加、人件費の上昇などの重圧に苦しんでいたが、経済需要の減速が追い打ちをかけた。一部のアナリストはこう指摘した。「この際、競争力のない事業体や経営体質の弱い事業体を市場から撤退させ、労働力を将来性のある事業体に移動させる必要がある」

メディアは年頭から中小企業や生活困窮者に密着した。資金繰りに窮して倒産する中小企業が相次ぎ、失業者が街頭にあふれた。テレビカメラは荒んでいく街の姿を生々しく映し出した。銀行を訪ねてきた高齢の経営者は苦しい胸の内を明かした。「廃業できればいいが、コロナもあって借入が増えている。大手は価格転嫁できるが、中小はできない」

仕事と宿舎を同時に失った労務者が急増し、繁華街の地下通路には寒さを凌ぐための段ボールが並んだ。箱の中は白髪の高齢者が目立つ。「正月を地下街の通路で迎えた。こんなことは他人事だと思っていたが、帰る場所がない」

日比谷公園など都内の公園には炊き出し用のテントが立ち、数百メートルの列ができた。背広姿の青年も見られる。「手持ちの現金はもう使えません。食事は炊き出しの一食で凌いでいます」

ハローワーク周辺に失業保険を申請する人があふれ、福祉事務所には生活保護を求める生活困窮者が列をつくった。景気の後退からわずか数週間、街の変貌ぶりにインタビュアーは驚き、セーフティネットの脆弱さを訴えた。

メディアは悪化する治安にも注目し、連日ワイドショーが取り上げた。夜間の覆面強盗や数人の男が女性や高齢者を襲うなどの粗暴な事件ばかりだ。警察庁の再三の警告にも拘らず特殊詐欺は増加を続け、闇バイトの学生も数多く動員されている。殺人や性犯罪などの重要犯罪も右肩上がりになっている。コメンテーターは社会秩序の重要性を訴えた。大阪万博を控え、インバウンドの急増が期待される中、治安の維持と路上生活者の一掃が不可欠だとした。

生活保護費の支出が4兆円に及ぶと報じられ、運用の厳格化が求められた。ネット上では自己責任を問う声が多く、失業者の救済を求める声はかき消された。180万人にも及ぶ外国人実習生が日本人の雇用を奪っていると攻撃され、外国人への風当たりが強まった。東南アジア系の外国人が集団暴行を受ける事件が発生した。一方で給与未払いのために所持金を失い、外国人実習生が犯罪に手を染めるケースも相次いだ。

修一郎と剛太はももたろうで酒を飲みながら、テレビで報道番組を見ていた。

「正月明けから暗いニュースばかりですね」

「ダブついた金が世界をおかしくしてる。社会のストレスを高めてる」

「川辺さんは総理になって3年目になるけど、インパクトがない。総理をそこそこやれば何かしら業績を残すけど何も見当たらない」

「官僚的なイメージで魅力がないし、バックボーンが見えない。大政治家には側近にプロデューサーがいたもんだけど、誰もいないんだろう。薄っぺらに見える」

「マイナンバーカードでやっとデジタル化が進むのかと思ったら、呆れるような話だし、原発の処理水だって中国に非難されっ放しですよ。景気の悪化とか、インフレとか、政治課題が山積してるのに何の解決策も提示できない。対症療法ばかりで日本の進路が全然見えない。次の総裁選は無理でしょう」と修一郎が言った。

「誰がやっても一緒じゃないか」

「20年ほど前に自政党が低迷した時、野党が支持を集めたじゃないですか。小島さんや鳥山さんが政権交代の器を作った。今は与党が体たらくなのに野党もぜんぜんダメでしょう。民憲党は発信力も存在感もないし、刷新党はスカスカだし、民国党は自政党にすり寄ってる。国民のイライラは大きいのに政治に呆れてる」

「ほんとだ。途上国や軍部の強い国だったらクーデターでも起こりそうな雰囲気だ」

衆議院で来年度の予算審議が始まったが、国会の注目度は低かった。国民の生活困窮に対して川辺総理は賃上げを図って経済の好循環をもたらすと強調した。前年も同様に主張し、大手を中心に賃上げが図られたが、現実は実質賃金がマイナスとなった。時限的な減税やエネルギー補助金の支給延長を掲げているが、経済の根本的な立て直しにはつながらないとされた。川辺内閣の支持率は30％を割り込み、危険水域にあると報じられた。

報道番組では解散総選挙の時期が取り沙汰されているが、キャスターは川辺総理が解散に踏み切れるのか、9月の自政党総裁選挙を乗り切れるのか、五里霧中だとした。

次第に自政党内には総選挙への危機感が強まり、9月の自政党総裁選に向けた動きが表面化した。党内にくすぶる川辺総理への不満を週刊誌が取り上げると、ワイドショーも追随して一気に加熱した。水面下で積極的な動きを見せる菅野前総理や最大派閥である安田派内の勢力争いが焦点となった。川辺総理は川辺派内でも求心力を失い、総裁候補として森田前外相を推す声が出始めた。安田派では荻野光三が勢いをつけ、川辺派の森田芳晴、麻布派の海野次郎、無派閥の野村陽子らの名が俎上に上がった。

2024年2月　近代日本の歴史と日本人の特異性

取引先企業が相次いで生産計画を見直したため、会社は一転、余剰人員の削減を迫られた。減産に伴って誰の契約を解除するのか、打ち合わせを行った。結局、人材派遣の3人、さらに定年延長の男性社員とパートタイマーの女性に月末で辞めてもらうことを決めた。

人材派遣は派遣会社に連絡を入れ、氏名と契約終了の期日を伝えればよい。わずか2～3分の電話で事が足りる。雇用契約のある二人に話すのは工場長の役目であり、受注変動に応じて多くの社員に退職を言い渡したが、精神的に負担となる仕事だった。

修一郎は二人の社員を個別に呼び、契約解除を伝えた。定年延長の男性は経験豊富ではあったが、加齢とともに作業ミスが目立つようになっていた。パートタイマーの女性は主人が障害を抱えているために出勤率は80％に満たない。会社の苦境を察してくれると思っていたが、二人から同じ言葉が返ってきた。

「なぜ自分なんですか？」

仕事を失えば二人が困ることをわかっていたために、修一郎は受注量の減少で仕方がないとひたすら頭を下げるしかなかった。

それぞれを説得し、会社を出ようとした時、珍しく剛太からの携帯電話が鳴った。その夜、ももたろうが臨時休業になったので、予定を延期したいとのことだった。

翌日、会社にいた剛太からアパートで発生した事件を聞いた。剛太が住むアパートの2階に87歳の老人と56歳の息子が二人で暮らしている。息子は10年以上引きこもっているが、親が倒れたのに丸一日放置していたらしい。夕方になって救急車で運ばれたが、昨夜は警察が息子を取り調べた。大家であるオヤジも事情を聴かれたらしい。剛太は2階に親子が住んでいると知っていたが、あまり顔を合わせたことがないと言った。

夕方二人で店に向かうと、ももたろうにはいつも通り赤いのれんが出ていた。

「昼に警察が来て、父親は亡くなったと言ってました。息子は自殺する可能性があるから当分保護するらしい」

「ショックですね。こんな身近なところで」

「８０５０問題だ。日本には40歳以上の引きこもりが60万人いると言われてる。親が80代になって50代の子が引きこもる。親は収入がなくなるし、体も衰えて、親子で生活に行き詰まるんだ。悲惨なことだ」と剛太が言った。

「引きこもりって子どもじゃないんですか？」

「引きこもりの大半は中年ですよ。若い頃は普通に会社勤めをしてた人が人間関係や職場環境に馴染めずに引きこもるんです。ノルマが厳しかったり、競争に負けたり、居場所がなくなるんでしょうね。友だちがいればいいけど、心を許せる人もいなくなって、追い詰められるんですよ」とオヤジが言った。

「親が倒れてるのに救急車さえ呼べないんだろうか」

「わからんけどな。引きこもりに親が死んだらどうするって聞くと、生活できないから自殺すると言うらしい。そうでない者にはわからんよ」

「社会との接点を持てないってことですよね。精神的にストレスを抱えるのは理解できるけど、なぜそこまで追い詰められるんだろう」

「引きこもりは日本特有のものだと思います。外国でも事例はあるけど、外国でも『引きこもり』

と言うんです。日本が圧倒的に多くて、日本人の性格や社会環境と関係があるんじゃないですか？」

「社会から安易に逃げられる環境を作ってるんじゃないですか？登校拒否とか、ニートとか、引きこもりとか、多過ぎますよね」

「僕の考えですけどね、日本人はムラ社会で生きてきたから協調性や順応性を備えてます。家族的な情や我慢強さが尊重されて、自己主張や独自性は否定された。ムラの住人はムラ長の言動を見ていて、承認願望はあっても自ら意思表示はしないんですよ。織田信長みたいに自ら事を起こして世の中を変えられる人はとても人気があるけど、あれは日本人じゃないですよ。戦国時代がつくった奇才でしょう」

「僕は家康が好きだ」

「とくに現代では兄弟は少ないし、親戚付き合いもないし、故郷を離れて暮らすから人間のつながりが希薄です。摩擦の少ない人間社会で育って、人間同士の葛藤や愛憎に慣れてないんですよ。都会の雑踏なんか、疎外感さえ感じますよね。ネット依存もそうです。自分の世界に入り込んでる人が多い。だから人間が孤立したり、思いやりをもてなかったり、突然凶暴になったりする。ましてや現代社会は会社や仕事に関心が向けられて、人に焦点が当たってませんよ。人が疎外されてる。だから引きこもるんだと思います」

「剛さんみたいに自己主張する人は引きこもらない」と修一郎が言うと、皆が笑った。

「もう一つ言えば、日本人は宗教がないから道徳や規範意識に欠けると言われてます。欧米人の宗教には厳しい戒律や教えがあって、生まれた時から生活習慣の中で身について、人間の基礎を成してると言われてます。日本人も信仰心は強いけど、自然信仰だから信心の対象は山でも、大木でもよくて豊作や厄除けを祈願するんです。教祖も教典もないでしょう。いかに生きるかじゃなくて、自然に守られて生きることが日本人の基本なんですよ」

「宗教とは違うが、日本には武士道があった。武士道が社会的規範だったし、道徳だったと言われてる。武士は名誉のために潔く切腹したんだ。強い精神性がなかったらそんなことはできない」と剛太が言った。

「その通りです。でも武士道が生きてたのは鎌倉幕府から江戸幕府の時代で、江戸の泰平の世には崩れつつありました。明治に武士が消滅すると、日本は近代化する反面、社会規範がぐらつくんです。そういう意味では日本は明治から変わったんでしょうね」

「現代社会には武士道の欠片（かけら）も存在しない」

「武士道の話は剛さんが得意なんだけど、僕が話しますね。『武士道と云うは死ぬことと見つけたり』という有名な言葉があるんですけど、これは武士に死ぬことを求めたんじゃなくて、死ぬ覚悟を持つことが武士の本分を果たすことになる、いわば生き方を説いてるんです。武士道には教祖も教典もないけど、宗教以上に厳しい教えや戒律があるんです。武士は戦士ですから、普段は働かなくても食えるという特権を与えられてた。幼い頃から家で厳しく躾けられて、武道と精神を鍛えたんです。金は卑しいものと教えられた。もっとも『武士は食わねど高楊枝』と言われたように貧しかったんです。帯刀（たいとう）が認められて、人を斬る権利があったけど、刀を抜かなかった。喧嘩して人を斬ったら、切腹を申し渡されることもあった。特権とともにもの凄い戒律があったんです。『武士の情け』も聞いたことがありますよね。相手に対して慈悲や憐みだけじゃなくて、相手を尊重した上で温情をもつことです。武士道の基本は仁義礼智とか、忠義とか、惻隠の情と言われますが、武士としての名誉を命を賭けて守ることなんです。自らの名誉や主君への忠誠を貫くために切腹も厭わなかった。もちろん戦士ですから戦（いくさ）になれば、命を賭けて戦う。いつ死ぬかわからないから、つねに死生観を持っていたと言われてます。これが日本の普遍的な道徳観なんですよ。一言で言えば、死を賭する覚悟なんです」とオヤジが言った。

「日本の封建時代にはそういう生き方があった。鍛錬に明け暮れ、清貧でなければいけない。それで忠義を尽くせとか、弱い者を慈しめとか、割に合わないが、武士であることの名誉がそんな生き方を支えたんだ。武士の生き方は町民にも影響を与えた。町民は刀をもつ武士を恐れたんじゃなくて、敬意を抱いていたと俺は思う」

「ところが、武士道を失って近代日本は激変します。明治維新を担ったのは薩長だけど、大名じゃなくて、主役は下級武士や百姓出身者ですよ。明治になると優秀な若者は百姓の子であろうと、養子にいって学問を身に付けて出世しました。西欧の社会制度や技術を吸収したんです。そして武士道精神よりも金や立身出世の時代になったんです。武士は金を卑しいものだと教育されていたから、金儲けなんかしません。ところが、明治新政府になると官僚の間でも次々と疑獄事件が起こるし、政治家と財閥の癒着が始まるんです。昭和初期には世界恐慌で経済が疲弊して街には失業者が溢れ、農村でも娘を売ったと言われてます。その時、政治家は財閥に寄り添ったとしても庶民の窮状には目を向けなかった。そんな世相で過激思想が生まれて政治家に対するテロが続発します。義に逸(はや)り、理を欠いた青年将校を国民が支持したんです」とオヤジが言った。

「日本は明治維新で西洋式の軍隊と植民地主義を学んで、数年毎に海外侵攻を繰り返した。朝鮮も台湾も樺太も植民地にしたし、溥儀(ふぎ)を擁立して満州国を建国した。東南アジアではヨーロッパの植民地支配から解放したと言って権益を拡大させた。政治は関東軍の暴走を止められなかったし、国際経験も足らなかった。昭和初期の日本は八紘一宇(はっこういちう)を掲げて大東亜共栄圏をめざした。軍が台頭して神の国になって、軍国主義が国民を支配していくんだ」と剛太が言った。

「八紘一宇って何ですか？」

「日本書紀にあるんだけど、天皇が全世界の中心だという思想ですよ」

「それで戦争に突き進んだっていうことですか？」

「ところが、時代は変わるんです。戦争に負けてＧＨＱがやってきて、日本は無条件降伏します。軍隊の解体とか、民主主義とか、農地解放とか、日本が改造されるんだけど、日本人の意識も180度転換してマッカーサーに従順に従うんです。軍国主義は宗教ではありません。その時代の空気を支配してただけです。借り物の民主主義でもすぐに身に着ける器用さが日本人にはあります。そして朝鮮戦争の波に乗って経済成長へ突き進むんです。日本人は優秀で、勤勉ですからね。官民一体となって急成長を遂げて、男たちはモーレツ社員とか、企業戦士になるんですよ。すべての国民が三種の神器を手に入れて、経済的な豊かさを追い求めて、一億総中流社会を作り上げたんです。僕も国民が結束したから、加工貿易で経済大国を作り上げたって生徒に誇らしく教えましたよ」

「なるほど、ジャパンアズナンバーワンの時代になるんだ。敗戦国が世界経済を凌駕するんですね」

「ところが、高度経済成長の絶頂で突然、バブルが崩壊します。貿易摩擦とか、プラザ合意とか、前川レポートとか、アメリカから国内改造を強要されて、日本は成長のエンジンを失うんです。工場は海外へ出て行くし、賃金は上がらないし、社会に出たばかりの若者をロストジェネレーションにしてしまう。日の出の勢いだった日本は火が消えたようになるんです。国民は高度経済成長で所得倍増と充実した社会保障を勝ち取ったけど、180度転換して格差拡大とか、競争と自己責任の社会になりました。国だけは行政改革を先送りして、世界一の借金大国になって、経済や庶民生活は凋落を続けてる。失われた30年になるとモーレツ社員なんてどこにもいない。勤勉に黙々と働いてきた国民は萎縮して、どうしたらいいのかわからなくなった。日本人は島国のムラ社会で生きてきたから、ムラ長が何を言うのか、見てるんですよ。ところが経済成長に代わる目標も道筋も示されてない」とオヤジが言った。

「そこで政治家や識者が示したのは、構造改革だとか、自己責任なんだよ。アメリカから教えてもらったんだ。政治家やリーダーがもっと目を見開いて、自らの命を賭けてやるべきことがあったはずだ。修ちゃんが前に若者に向上心がないとか、夢がないと言ってたけど、日本人自身が目標や指針を見失ってるんだよ」

「残念なのは、日本人はこの状況を把握してるし、変革の必要性に気が付いてますよ。書物も山ほど出版されてるのに現実を変えようとしない。立ち上がろうともしない。島国根性、ムラ根性が抜けてないんでしょうね。近代以降、時代は大きく変化したけど、日本人の本質は変わってないですね。時代の変化に柔軟に即応する能力は持ってるけど、時代を変えてきたのはいつも外圧なんです」

「なるほど、日本全体がひきこもりになってるんだ」

「日本人が武士道を思い起こす必要があると俺は思う。金や保身でなくて、信念や道理のために生きることを心に刻むべきだ。政治家や官僚やジャーナリストは心に纏わりついている邪念を捨てて自らの名誉を貫いたらいい。そうすれば人々は必ず賞賛するし、世の中が変わる。命を賭けるつもりなら何でもできる。武士はそうしてきたし、その精神が日本の土台を創ってきた。日本人の記憶の中に武士道は生き残ってる」と剛太が言った。

２０２４年３月　不安定化する極東と日本の安全保障

その日、修一郎と剛太は誘い合わせてももたろうへ行った。店に入るなり、オヤジが厳しい声を上げた。「台湾軍機の墜落、知ってますか？」

「中国が撃墜したのか？」と剛太が咄嗟に反応した。

「まだわからないけど、台湾海峡でスクランブル発進した戦闘機が消息を絶ったんです。２時間ほど前からずっとテレビでやってます」

テレビ画面には緊急情報としてテロップが繰り返し流れている。「今日日本時間の午後４時過ぎ、スクランブル発信した台湾軍のＦ16戦闘機が台湾海峡で消息を絶つ。中国軍機が台湾海峡の中間線を越えたために緊急発進した台湾軍機２機のうちの１機」だという。店のテレビはいつも音が消されているが、その日ばかりはひときわ大きな音量を出していた。

「中国が撃墜したとしたら軍事衝突になるかもしれない。台湾有事だ」と剛太が言った。

「大変だ、日本も巻き込まれてしまう」

「軍事専門家が出てきてずっと分析してる。横須賀の第七艦隊が現場へ向かうだろうと言ってた。政府は国家安全保障会議を緊急招集してる。米軍基地のある沖縄県庁も大混乱になってるらしい」

「軍事衝突になれば日本の参戦は免れない。沖縄はもちろん本土の米軍基地や自衛隊基地だって中国のミサイル攻撃を受ける可能性がある」

「国内が戦場になるってことでしょう」

「日米で2プラス2の閣僚会議を頻繁にやってたじゃないか。最大の懸案は台湾有事だよ。日米が合同で軍事介入することを協議してるに違いない」

「中国が台湾を併合したら、太平洋への戦略拠点になるし、世界一の半導体が手に入る。世界覇権の野望が大きく前進して、日本の安全保障も見直さざるを得ないと評論家が言ってました」

「ウクライナ侵攻はウクライナとロシアの戦争だけど、台湾有事はアメリカと中国の戦争になる。台湾問題というより世界の覇権争いだからアメリカは本気だよ。第一列島線を守るためにも引くわけにはいかない」

「台湾有事になったら日米が合同すると言うけど、直接的な損害は日本の方が圧倒的に大きいでしょう。自衛隊は実弾を打ち合うし、国内の基地がミサイル攻撃を受けたら民間人だって犠牲になる。中国貿易が止まるし、台湾の半導体も入らないから、日本経済は完全にストップしますよ。長期戦は論外だけど、仮にすぐに収束するとしても貿易も経済も滞ってしまう。参戦したら日本の敗北じゃないですか」と修一郎が言った。

「日本に選択の余地はない。アメリカが勝つためには戦略上、日本の参戦が不可欠だ。沖縄は台湾海峡と500キロの距離だから前線基地になる。沖縄の米軍基地から戦闘機が出撃するし、自衛隊も米軍と一緒に戦うよ。それにアメリカは単独では戦争しない。一つの中国を認めてるし、中国は台湾を国内問題だと言ってる。アメリカが参戦する場合、国際社会を味方にするためにも日本と合同で戦わないといけない。もし、中国がいきなり台湾侵攻を始めるとしても、真っ先に国内の米軍基地や自衛隊基地を叩くだろう」と剛太が言った。

「やっぱり日米で抑止力を強化するしかない。軍拡競争が良いとは思わないけど、そんな国が隣にあるんだから仕方がない。やったらやられるって思わせないといけない。中国を圧倒するくらいじゃないと」と修一郎が言った。

「中国は世界一の軍事大国をめざしてますからね。南沙諸島の暗礁を埋め立てて基地にしてるし、途上国の権益を奪い取って軍事拠点にしようとしてる。香港の民主化運動もウイグル自治区も強権で弾圧してる。専制主義国の独裁者は自由も人権も国際法も平気で踏みにじる。そんなものに立ち向かうと言ってても大変なことですよ」とオヤジが言った。

突然、テレビ画面が変わり、アナウンサーが緊急ニュースを読み上げた。

「ただ今、速報が入りました。ペンタゴン並びに台湾政府が同時に会見し、台湾軍機の墜落は機体トラブルによる事故であると発表しました。墜落後、アメリカのペンタゴンと中国共産党の中央軍事委員会との間で事実確認が行われ、台湾軍機の墜落は中国軍による武力的行為によるものでないとのことです。関係国、関係機関に対して冷静な対応を取るよう呼びかけられました」

皆は無言のままテレビの声に聞き入った。店には他にも客がいたが、みな立ち上がって小さなテレビを見つめていた。そして、一様に胸を撫でおろした。

「よかった。よかった。のどが渇きましたよ。一緒に飲みましょう」と言ってオヤジはビールの栓を抜いた。

「戦争になっていたかもしれない。本当によかった」

「ひと安心だけど、これをきっかけに台湾有事の可能性が高まった気がする。紙一重のところまで行ったんだから、いずれ現実になるんじゃないですか？日本はアメリカと連携して防衛力強化を急がないと大変なことになる」と修一郎が言った。

剛太もビールを一杯もらって喉を潤した。「自民党は台湾有事を煽るけど、戦争の可能性が高いとは言えないと思う。それだけに今回のようなハプニングが怖いんだ。どっちが仕掛けたわけでもないのに戦争の火ぶたが切られてしまう」

「備えあれば憂いなしですよ」

「アメリカが参戦する限り中国だってリスクが大きい。ウクライナは陸続きだけど、台湾は島国だから何万もの中国軍が船で海を渡ることになる。狙い撃ちされるからもの凄い犠牲を伴う。中国国内の経済的打撃は計り知れないし、これから高齢化も進むし、富裕層はアメリカで教育を受けてる。コロナの対応やその後の経済状況を見ても、アメリカとの国力の差は歴然としてる。一帯一路とか、海洋進出とか、中国のやり方は露骨だから国際社会の反応も厳しさを増してる。ハイリスクな軍事行動より台湾を宥(なだ)めたり、脅したりして世論誘導を目論むよ。親中政権を作って戦争をせずに台湾をじわじわ吸収しようとするだろう」

「アメリカもトランプが大統領になったらどうなるか見当がつかない。台湾の世論もどう転ぶかわかりませんよ。万一、親中政権ができたら、極東の構図が変わって太平洋に権益を伸ばすだろうし、日本と韓国は専制主義国に囲まれるじゃないですか」

「台湾が隙を見せたら取り込まれるだろうな。日本が難しいのは中国だけじゃなくて、ロシアや北朝鮮と接してる。３カ国は連携を強めてるし、核を持ってるし、独裁者が実権を握ってる。日本と韓国は本当に難しい外交を迫られる」

「核シェア論があったけど、中国、北朝鮮に加えてロシアと対峙してる以上、アメリカの核を国内に配備しないといけないんじゃないですか？核配備で対等の力関係を持つべきですよ」と修一郎が言った。

「習近平は中国が急激な経済成長を遂げて、14億の民に君臨してるから中華思想を夢想してる。プーチンも一緒だけど、ブレーキが利かなくなってる。楽観的かもしれないけど、いつか夢は覚めると俺は思う。日本は単独で守れないから日米安全保障や日米韓の連携が必要だし、防衛力強化もある程度は当然だと思う。でも日本は被爆国だから、非核化の願いを捨てたら力と力の対立しか残らない。対話が必要だと思うが、問題は日本の外交力だよ。日本はアメリカ一辺倒じゃなくて、自立した自由主義国であるべきだ。日本と中国と韓国は民族的にも文化的にも近いし、経済的な結びつきも強い。アメリカの防波堤じゃなくて、アジアで真っ当な自立国を目指さないといけない」

「そんなことで国を守れますか？」

「さっき修ちゃんが言ったように、中国と戦争になったら、日本は立ち行かない。軍備は整えても戦争をしない覚悟が必要なんじゃないか？」

「そのための防衛力強化や核配備でしょう」

「自立と外交が必要だよ。アメリカは病んでる。人種差別とか、銃社会とか、訴訟社会とか国内に甚（はなは）だしい歪みと分断を抱えてる。たしかに世界一の経済力と軍事力を持って、基軸通貨を握ってるから当分アメリカの覇権は揺らがないと思う。でもアメリカの強奪資本主義と自国主義が世界中に混乱と貧困をもたらしてるのも事実だ。アメリカは覇権国だけど、誇れる社会を作ってるわけじゃない。いつか歪みが限界に達すると思う」

「アメリカンドリームって言われた古き良きアメリカは過去のものですね。格差もあるけど、落差のある国だと思います」

「アメリカは第二次世界大戦で勝利して、覇権国になって傲慢になった。アメリカは自分たちが絶対で、正義だと信じてる。でもその結果が今の混乱と対立の国際情勢じゃないか。もっと違う世界を目指さないといずれ世界が破滅する。俺はそのポテンシャルを日本が持ってるんじゃないかと思ってる」と言って剛太が笑った。「俺はね、大谷翔平を見てすごいって感じたんだ。彼はメジャーリーグで超スーパースターになってる。アメリカ人が大谷を見て、地球人じゃないと驚愕してる。それまで日本人なんか黄色人種だし、自分たちより下だと決めつけてた。ところが大谷の成績だけじゃなくて、努力とメンタリティに敬服して、自分たちが及ばないと負けを認めてるんだ。アメリカ人にとってこんな日本人はいなかったはずだ。これから大谷を生んだ日本の考え方や文化が研究されて、アメリカで流行るかもしれない。俺はアメリカ人だけが正義じゃないし、勝者じゃないと気づくべきだと思ってる。このままじゃ中国も勝てないけど、アメリカも勝てない。歪んでいくアメリカに従属しても日本は使い捨てにされるだけだ」

「なるほど、おもしろいね。僕たちはずっとアメリカは自由で夢のある国だから、日本はついていけばいいと教えられてきましたからね」

「米中の覇権争いは月でも始めてるけど、競争は進化して食料とか、エネルギーとか、資源とか、ＡＩとか際限がなくなる。世界は両大国の横暴にずっと振り回される。環境問題や南北問題も巻き込むだろうから、ほかの国にしたら迷惑な話だ。地球規模で大混乱をもたらす。いい加減にしろと言いたい」

「日本は覇権争いしてるわけじゃないし、アメリカの属国ではありませんからね」

「日本の人間性や文化は覇権とか、争奪とか、そんなものじゃないはずだ。日本はちょうどアメリカと中国の超大国に挟まれてる。それだけに大局観を持って、別の価値観を発信すべきだ。地球全体の共生と幸福を考える必要がある。日本人はそんな可能性を持ってるよ」

剛太がこんな話をするといつも熱くなって、酒が入り過ぎる。焼酎のロックを６～７杯は飲んでいた。

2024年6月　日本に蔓延るムラ社会

始業時の現場朝礼を終えて修一郎が事務室に戻ると、事務の大西が声をかけた。

「工場長、お昼はどうします？」

「今日は弁当がないから、外に出ようかな」

「給食サービスのお弁当を食べていただけませんか？注文する人が少なくなって、今日は一人だけなんです。お弁当屋さんに申し訳なくて」

「わかった。僕のも注文して」

「有難うございます」

「随分少なくなったね」

「580円に値上がりしましたからね。みんな切り詰めてますから」

昼の休憩時、2階の食堂で10数名が食事を取っていたが、給食サービスの弁当を食べたのは2人だった。以前は社員が50～60人いたこともあり、10食ほど注文していた。半数以上が自前の弁当を持参しているが、カップラーメンやコンビニのおにぎりを食べている者もいる。

「弁当持ちが多いね」修一郎が隣に座った女性従業員の西山に声を掛けた。

「朝ご飯の残りを詰め込んだお弁当ですよ。安上がりで、食べ残しがなくなるからちょうどいいんです」と西山が笑った。

「給食サービスの弁当はずいぶん高くなったね。どうせ輸入食材なんだろうから、円安だし、安全な国産品を使って欲しいね」

「国産だからって、安全ではありませんよ。孫が発達障害になっていて嫁からよく聞かされるけど、日本の食品は一番危険なんですって」

「そんなことないだろう。中国産なんか信用できない」

「違いますよ。東京オリンピックの時にドイツの選手団は選手村の食事を禁止されてたんですって。ヨーロッパで使用禁止の添加物や農薬が日本で使われてるからですよ。中国が輸入禁止してる除草剤をまだアメリカから輸入してます。アメリカは日本以外に輸出するところがないから日本に売りつけてるって」

「まさか、そんなこと」

「それ、グリホアップでしょ」と同じテーブルにいた関口が言った。「発がん性が指摘されて、アメリカ国内で1万件以上の訴訟があって巨額の賠償金が支払われてるんですよ。ヨーロッパやアジアでも使用禁止になったけど、日本では反対に残留基準値が大幅に緩和されたんですよ。日本人がモルモットになってる。発達障害の子は今10%だけど、将来20%になると言われてます」

「日本人だけですよ。無関心なのは」

「品川駅前のレストランでオーガニック昼食が３０００円らしいですよ。中国人がよく食べてるって聞きましたけど」

「３０００円？そりゃ、驚いた。そんなもの食べなくたって元気にしてるよ」

「発達障害や癌になっても、因果関係が証明されてないだけです。毎日口に入れる食事は大切ですよ」

その日の夜、修一郎はももたろうの席に座るなり、会社の食堂で話題になった農薬の話をした。

「そうだよ。有名な話だ」と剛太は平然と言った。

「そんなバカなことないでしょう。日本人がモルモットになってるってことですよ。なぜ、使用禁止にしないいんですか？」

「日本中のほとんどの農家が使ってるし、ラウンドセブンって商品名でどこでも売られてる。それを使用した農作物も輸入してる。５〜６年も前だと思うけど、世界の数百の都市で２百万人が使用禁止を訴えてデモをやってる。でも日本だけが使用量を増やしてるし、日本のメディアはそんなニュースを一切流さない。いつも言ってるだろう、日本は不思議な国なんだって」

「政治も行政も何を考えてるんだろう。世界のそんなニュースは政治家だって、農水省だって分かってるはずなのに」

「ラウンドセブンが中国製ならすぐに禁止するだろうけど、アメリカ製だからね。他の国で売れないから日本が残留基準値を緩和したってことだと思う。それに今の農業で除草剤を使わなかったら、コストも労力も大変なことになる。必要悪だと開き直ってるんだ」

「メディアだって、なぜ問題視しないんだろう？」

「大手は扱わないね。報道規制があるかどうか知らないけど、忖度というか、触れたらまずいことには触れない習性がある。前にもジャニーズ事務所の性加害報道があったじゃないか。週刊誌や地方紙が書くことはあるけど、海外で取り上げられて初めて大騒ぎしてる。国民も都合よく判断してるんだ。ムラ長がしゃべったらみんな信用するけど、若造が言っても誰も相手にしない。自分に被害がなければ知らんふりだし、厄介なことは他人任せにしてる。自分の頭で考えて、変だとか、ダメだなんて声を上げる人間はいない。政治もメディアも含めて、日本人の特異性としか言いようがない」

「年寄りは今さらいいけど、子どもたちの健康に関わる話は見過ごせないでしょう。動植物や環境にも影響がある。なぜそれを問題にしないのか、やっぱり日本は変な国だ」

「そんな話をはじめたらキリがない。遺伝子組み換えだって、成長ホルモンだって、いろいろ言われてるけど、日本はアメリカに気兼ねしてる。ヨーロッパでは安全を立証できなければ使えないけど、アメリカは発癌との因果関係を証明できなければ規制できない。他の国はアメリカに対して物を言うけど、日本は言えない。日本の役所組織も上意下達だから内心変だと思っても、下から声を上げられない。自分の責任じゃないって逃げるか、気づかないふりしてる」

「なるほど、役所やメディアだけじゃないですね。日本社会の問題だって気がする。取引先のことだから大きな声じゃ言えないけど、呆れることがあります。生産性の向上や効率改善は正しいけど、計算上で成果を出そうとしてる。最近益々ひどくなってますよ。数字だけで現場を縛るから無理が生まれるし、管理者も少ないし、現場力が相当落ちてます。うちから指摘することがあるけど取り合ってくれない。現場は理解してても、諦めて声を上げない。日本の製造業は現場力だって言われたけど、メーカーで一番発言力を持ってるのは経理部門ですよ。日本のものづくりも力を落とすでしょう」と修一郎が言った。

「民間は利益至上主義になってる。おまけに自己保身が優先するから弊害が出るんだ。最近、大企業でも不祥事が次々発覚してるじゃないか。不正会計とか、データの改ざんとか、情報の隠蔽とか、企業の体質が歪んできた。社会的責任や道理よりも数字的な利益や内輪の論理が優先されるんだ。組織の中で物が言えなくなってる。保身に走って、周りに気兼ねして、個人の顔も見えないし、誰も責任を取らない。巨大組織も基本的にはムラ社会だ。その最たるものは官僚だけど、政治と権限を握ってるから、自分たちがやり易いように仕組みを作るんだ。優秀な連中だけど内向きで、おまけに天下りした先輩が睨みを効かせてる。外から見えないだけで、もの凄いムダや利権がはびこってる。成長力がなくなって当然だよ」

「農薬とか、遺伝子組み換えとか、これで癌や発達障害になったら誰が責任を取るんですか？」

「癌になっても、因果関係を証明できなければ追及できない。役所も、政治家も、誰も責任を取らないし、自分たちの失敗を認めない。もし認めたら歴代の先輩の顔に泥を塗るし、役所の権威が失墜する。極めつけは冤罪事件だ。刑が確定している被告が仮釈放されてても再審請求を拒否して、事実を明らかにしようとしない。有罪だと確信があるんだったら、堂々と再審を認めたらいいんだ。司法は被告が死ぬまで引き延ばして、冤罪そのものを葬ろうとしてる。人間の醜さに怒りを覚える」

「正義を貫く人はいないんですかね」

「そうは言っても、日本のお役人はとても真面目だよ。中国なんか賄賂で何とでもなる。日本にはそんな役人はほとんどいない。日本人は真面目だけど、正しいことを正しいと主張して事を荒立てることはない。日本人の気質だよ」

「でも、赤城財務官みたいな人がいたじゃないですか。日本ではそういう人を自殺に追い込んでしまうんですよね」

2024年9月　内面的日本土着主義

自政党総裁選は2024年9月に行われたが、それに先立って川辺総理が辞意を表明した。後継総裁は荻野光三、森田芳晴、野村陽子の3人の間で争われた。水面下の多数派工作が功を奏し、圧倒的な大差で荻野光三が選出された。早速、川辺内閣が総辞職し、荻野新内閣が誕生した。副総理には菅野元総理、自政党幹事長には海野次郎が就任した。

修一郎と剛太はももたろうで酒を飲みながら、そのニュースを見ていた。

「川辺さんはあっさり辞めましたね」

「そうだな。3年もよく持ったんじゃないか？何をやりたいのか、最後までわからなかった。安田さんが生きてたら再登板の声が出たんだろうけど、荻野さんは一番近いイメージの人だからね」と剛太が言った。

「総裁選は出来レースだったけど、こういう時には必ず派閥の領袖が顔を出しますね。麻布さんや二階山さんが出てきて威圧してる。大臣ポストを取り合ったり、いろいろ駆け引きするんだろうけど、未だにこんなことをやってるのかって呆れますよ」

「自政党はまだそんな力学で動いてる。派閥には何十人も議員がいるけど、大臣にして欲しいって順番を待ってるし、ボスの機嫌を損ねたら冷や飯を食うと分かってる。ムラ社会の典型なんだけど、政治がこの世の中で一番遅れているよな」

「荻野さんは川辺さんよりも右ですよね。前回選挙で右の刷新党が伸びてるし、露骨な右寄り政策を主張する新政党が出てきましたね。ネトウヨ（ネット右翼の略語）とか、右寄りの出版物もいっぱい出てるし、日本が右傾化してるって気がする」

「民憲党政権は左派政権ってわけでもなかったけど、自政党が野党に陥落した時、差別化のために右寄り思想を強めたんだ。昔は自政党にも左派がいたけど、そういう人がいなくなった。中国や北朝鮮が安全保障上の脅威になってきたし、韓国との軋轢が厳しくなったから日本の被害者意識というか、対抗意識が高まってる。ましてやバブル崩壊以降、経済の減速や社会の沈滞ムードがあるから内向きになって保守化するんだ」

「EUでも極右政党が伸びてるし、世界中が断絶して戦前のようになってしまうんじゃないかって気がする」

「安田さんには戦前の強い日本へのノスタルジーがあった。それが戦後レジームの転換というスローガンになったんだ。強い経済の復活のためにヤスノミクスをやった。美しい国だとか、戦前の道徳教育への羨望があった。森安問題は国有地の売却が事件になったけど、安田さんは藪池さんの教育方針に肩入れしてたんだ。藪池さんは教育勅語を掲げて、戦前の教育を再現してたんだから」

「右寄りの荻野総理に対して中国や韓国の反発が強まるでしょう。中国は何かにつけて日本を攻撃するから仕方がないけど。韓国もユン政権になって少し変わったと言っても、徴用工だとか、慰安婦だとか、今でも国民の反日感情が強いじゃないですか。東アジアで対立が深まって、日本が孤立するんじゃないか心配ですよ」

「ネトウヨって言うのは他国への蔑視と言うか、自分が正しくて、相手が間違ってるから懲らしめるって発想なんだろうな。若い政治家にもそんなのがいるけど、右翼とか、復古主義とは少し違うだろう」

「極東では中国、北朝鮮、ロシアが親密で、日韓しかないからもっと連携すべきでしょう。K－POPのアイドルなんか日本人と区別がつかないし、似たような文化を持ってるのに政治的にも感情的にも分厚い壁がある。ドイツは日本と同じ敗戦国で敵国扱いされてるけど、フランスやヨーロッパの国々と上手くやってるじゃないですか」

「日本人は第二次世界大戦でアメリカに負けたと思ってるけど、中国や韓国も戦勝国側だからね。東南アジアもそうだよ。日本はそこら中の国を相手に戦争してたんだ。しかも、日韓関係は征韓論から150年も歴史を引きずってるから簡単にはいかないと思うよ。日本は占領した方だけど、占領された方は根に持つだろう。ドイツはヨーロッパのリーダー国になってる。日本とドイツでは戦争に対する捉え方が違うから、ハードルは高いと思う。戦後のドイツはナチズムを徹底的に否定して、アウシュビッツの600万人のユダヤ人虐殺を認めてる。日本はA級戦犯を合祀してる靖国神社へ総理が参拝してる。日本には南京大虐殺や慰安婦問題はなかったという人がいるからね。俺なんか犠牲者の数はともかく、事実だと思ってるから右派からは自虐史観だって批判される」

「賠償を済ませてるし、いつまでも謝罪を求められるのは日本人にとっても辛い話でしょう。ましてや子どもたちには責任がない。未来思考にならないと」

「ドイツだって今の子どもたちに罪はないって言ってる。でも、責任はあると認めてる。ドイツの教科書でアウシュビッツをしっかり教えてるけど、日本の教科書は戦前の歴史認識で未だに論争になってる。右派は戦前の日本は侵略戦争をしたんじゃなくて、西欧の植民地支配から東アジアを解放したと考えてるからね。教育勅語には親への忠孝とか道徳が書かれてるけど、後半は天皇のために戦争に行けと書いてある。これが教育の基本だと言ってる。俺は日本人と西欧人の考え方の違いがあると思ってる。西欧人は合理的思考や理性が基本にあるけど、日本人の場合は感性や情なんだよ。海外からは日本社会が異質に見える」

オヤジが突然、口を挟んだ。「僕が教師をやってた時、いろんな国から高校生を呼んで交流イベントをしたんですけど、外国人同士は言葉が通じないのにすぐに入り乱れるように騒いで歓声が上がってた。でも日本人は日本人だけで固まってしまうんです。交流しろと促しても引っ込み思案になってる。日本人同士だともの凄く仲良くやってる。日本は島国だから外国人と触れ合う経験が少なくて、なかなか殻を破れないって感じました。ただそれだけのことだと思いましたね。もっと自分から解け込んだらいいのに」

「いろんな人種と日常的に交流してるとそれが当たり前になる。喧嘩をしたり、仲良くしたりする。もちろん人種間の宗教や経済格差で対立や差別になったりするけど、日本人は心の内側に壁を作ってる気がする。島国で生きてきたから仕方がないのかもしれない」

「日本が国際社会に馴染むのは少し時間がかかりそうですね。残念ですね」

数日して修一郎が会社にいると、宮口工業の数名の幹部社員が訪ねてきた。社長にアポイントがあると言って、社長室に入っていった。いつもと違う雰囲気を感じたが、暫くして修一郎も部屋へ呼び入れられた。

「突然で申し訳ないけど、この注文書は見たことありますか？通常外注文書の写しですけど」と言って数十枚の書類を手渡された。納品伝票や支払明細書なども含まれている。

修一郎は通常品の品名や部品番号を覚えているが、書類には見たこともない品名が記されていた。

「これ架空の注文書なんですよ。生産や納品実績がないことを確認したいんです。それとこちらのファイルはわが社の担当者が作成した正規の注文書と納入実績リストです。これも間違いないか調べて下さい」と購買部長が言った。

修一郎はこれがどういうことか、すぐに察しがついた。「わかりました。分量が多いので、少しお時間をいただけますか？」

「ここ1年分くらいあります。2～3日でいいですか？どれが正規で、どれが架空なのか、明確にして下さい。当社でも把握していますが、照合したいんです」

修一郎は書類を受け取って、社長室を出た。早速、事務の大西を呼び、会議室で関係書類の確認を始めた。

宮口工業の幹部社員が帰るのを見届けると、社長室に入った。社長は応接のソファに腰を下ろしたまま頭を垂れていた。

「どうしたんですか？」

「宮口工業の倉本課長から架空の通常外注文書を受け取った。試作品の品名がついていた。僕が架空の納品伝票を作って課長に手渡してたんだ。始めは躊躇したんだけど、課長が何とかしてくれと引き下がらなかった。とんでもないことをしてしまった」

「倉本課長の横領ですよね」

「あの情況では嫌だと言えなかった。昨年の8月頃、うちの不良が続いた時に内々で処理してもらったことがあったよな。それからだ。試作品だし、はじめは大した金額じゃなかった」

「いくらぐらいなんですか？」

「はじめは月10万ほどだったけど、最近は30～40万になった。ほぼ毎月、架空の注文書を持ってきた」

「宮口工業の部長は何と言ってましたか？」

「悪いのは倉本だと言ってくれた。懲戒免職処分にするつもりだが、刑事事件にはしないと言ってた。口止めされてる。他言無用にしてくれ」

「わかりました。取引に影響するんでしょうか？」

「わからない。君は不正を認識してたんだろうって聞かれた。嫌だと言ったが、強く迫られて断れなかったと弁解した。マージンを受け取ったのかと聞かれたから、1回につき2万円を受け取ったと答えたけど、架空請求は犯罪だ、マージンをもらったんだから、共犯と見なされますよって脅された。受け取った金は全額返金する」

「発注責任者から強要されたんだから、ノーとは言えませんよ。部長は不良処理のことを言ってましたか？」

「知らないと思う。発注権限のある倉本課長から言われたら断れないと繰り返した」

「それでよかったと思いますよ」

修一郎はその日、社長を誘って駅前の居酒屋へ行った。社長は真面目な性格で、ひどく落ち込む様子が見て取れたからだ。

「今日は少し飲みましょうよ。考えたって仕方がないですよ。物事の良し悪しなんか関係ない。下請けはそういう上下関係の中で生きてるんだから」

「部長も、次長も、とても厳しかった。犯人を見るような冷たい目だった。ペナルティを覚悟しないといけない。本当にまずいことをしてしまった」

「倉本課長が不正を働きかけたのはうちだけなんですか?ほかにも架空請求があったかもしれない。課長は宮口社長の一族だって聞いたことがある」

「そうだ。若いけど、次の購買部の次長だと言われてた」

「うちにお咎めはないと思いますよ。こんなことが表沙汰になったら、宮口社長の顔に泥を塗ることになりますよ。たぶん内輪で処分して終わりでしょう。みんな真面目な顔してるけど、裏に回ったら何してるかわからない。購買部長だって、厳しいことを言ったかもしれないけど、そういう立場だからですよ。外注先から接待漬けになってるって聞いたことがあります」

「一度引き受けてしまったら、次から断れなくなった」

「世間ではよくあることじゃないですか?みんな力をもった人に気兼ねして生きてる。言いたいことも言えないし、やりたいこともやれない。悪いことを悪いと言えたら気持ちいいですけどね。考えないことですよ。『智に働けば角が立つ。情に棹させば流される』って言うじゃないですか。社長は真面目だから気になるだろうけど、うちの立場で断ることなんかできなかったと思いますよ。宮口社長の一族だし、どこかの支店に飛ばされて一件落着になるんじゃないですか?社長もこんなことに巻き込まれて災難だったってことですよ」

数日後、宮口工業の総務部から人事異動のメールがあり、倉本課長は体調不良のために退任し、新任の課長が任命されたことが記載されていた。その後も宮口工業との取引は何もなかったように継続した。

荻野内閣は高い支持率に支えられて順調に政権運営をスタートさせた。重要課題として防衛力の増強、積極財政による経済の立て直し、さらに憲法改正を掲げた。

衆議院の任期が残り1年となっているが、初めての予算編成を終えた後、通常国会閉幕時の解散ではないかとメディアは予想した。選挙情勢について与党の優位は変わらず、焦点は野党の争いだとされた。刷新党の幹部は候補者を全国で擁立し、野党第一党をめざすと強気の発言をする一方、民憲党は党内に路線対立を抱え、選挙に向けた政策づくりも遅れていると伝えられた。

修一郎は剛太を誘ってもたろうへ行った。

「修ちゃんは俺と飲むと政治の話ばかりしてるけど、政治の話なんか酒がまずくなるから嫌なんだよ」と剛太が笑いながら言った。

「テレビが衆議院解散とか、選挙情勢とか、そんな報道するからだけど、僕も面白くないと思ってますよ。野党同士の議席争いなんかどうでもいい。日本が凋落してるとか、日々の生活が苦しくなってるって言われる時代じゃないですか。これを政治家がどう認識して、どうしたいのかって話を聞きたいですよ。僕たちに関わる問題ですからね」

「メディアの関心は政局だからね」

「国会議員って713人もいるけど一体何をやってるんですか？高給取ってるけど」

「結構忙しくしてるよ。テーマ毎に勉強会があるし、陳情を受けないといけないし、地元を回らないといけない」

「政策立案の協議なんかやってるんですか？」

「与党と野党で違うだろうけど、法案は大概官庁が出してきたものを党内で協議してる。利害が対立するような話もあるんだけど、自政党の場合だったら、当然政治献金を貰ってる方に肩入れする。それとも先に依頼された業界を応援するとか、政策は足して二で割るとも言われた。そんなもんだ」

「民憲党も小手先の人気取りじゃなくて、日本の骨格を立て直すような基本政策を示さないと存在意義がないですよ。与党の不祥事や政策のあら探しばかりしてるって感じだ」

「厳しいね。野党の立場を貫こうとしてるとは思うけど、根っこが生えてないって感じだ。国家観が見えない」

「刷新党が勝つんですか？」

「吉本知事が全国の若手知事を糾合して地方の反乱を起こしたら面白いと思ったけど、大阪万博で味噌漬けてるからそれどころじゃないだろう。刷新党も身を切る改革だけじゃ話にならない。典型的なポピュリズム政党だからね。かろうじて民憲党が野党第一党を守ると思うよ」

「政治もひどいし、国民もダメなんだけど、内閣支持率の世論調査で『他の内閣よりもましだから』がトップじゃないですか。しかも毎回ですよ。質問が悪いんだろうけど、要するにちゃんと考えてないってことでしょう。どっちでもいいって感じだけど、国のトップに対してこんな意識でいることに国民も反省しないといけない。アメリカの大統領選挙なんか国を二分して熱狂してますよ」

「繰り言になるけど、民憲党政権は一つのチャンスだったんだけどね」

「これから政権交代なんかないでしょう。民憲党が反対ばかりしてるからですよ」

「国会だから野党は反対したらいいんだ。昔、社会党が強くて保革伯仲の時代があったけど、反対ばかりしてた。土井たか子は『ダメなものはダメ』って言ってた。でも反対だからダメだなんて言われなかったよ。最近は反対すると批判される。自政党はもちろん、評論家なんかもそう言うけど、危険な兆候だし、極めて日本的だと思う。自治会の住民集会のつもりじゃないか。自治体の組長は直接選挙で選ばれてるから議会に与党も野党もないけど、国会は議院内閣制だ。自政党と公正党の政権なんだから基本政策が違って当たり前だよ。野党なのに賛成ばかりしてたら存在意義がない。野党はいらないと言ってる評論家がいるけど、自分の損得か、好き嫌いなんだろう。中国共産党の一党独裁でいいと言ってるのと同じだ」

「国会審議のニュースで議員の細切れの発言を流しますよね。どこを流すかで全然違う。要約した中身を流してくれたら分かるんだろうけど、メディアの意図次第で真意が伝わらないし、反対の意味にも捉えられてしまう」

「マスメディアで莫大な情報が発信されて、何百万もの人が同じ情報を聞いてるけど、受け止める側は一人なんだ。昔は人が集まる場があって話し合ったり、教えられたりしたから理解も深まった。そういう意味では民主主義の危機だと思ってる。ましてやネットが発達して情報の信頼性も乏しいし、好きな情報しか求めない。膨大な情報の中にいるけど、実は本当のことがわかってない。そんな有権者が相手だったら、発信者は目先の利益や単純なロジックで誘導できる。フェイクニュースもある。為政者には楽だし、政治の側だって考える必要性がなくなる。それに対抗するには有権者がみんなで聞いて、議論して、判断する場が必要なんだ。国会の側でもやるべきことがある。俺はいつも党議拘束をなくしたら、議会がもっと機能すると思ってた」

「党議拘束？」

「法案であれ、予算であれ、政党が賛否を決めたら、所属議員は全員従うという縛りを掛けてる。もし決定に反したら処分される。法案に対して自政党の中にも本音は反対だと考えてる議員がいるし、野党の中にも賛成だという議員もいる。議員は党の判断を隠れ蓑にして、個人の意見を曖昧にできるし、法案に対して考える必要もない。議員一人一人が自分の意思で採決するようになれば、議員はもっと勉強するし、議論が活性化する。有権者は支持した政治家がどう判断したのか、関心を持つから投票率も上がる。日本の議会は典型的なムラ社会だから親分の意向に逆らえないし、子分は身を潜めてる。議員個人の言論をそんな取り決めで縛ってる。アメリカ議会は民主的な議会だからそんなものはない。党が公認したって、有権者は議員個人に投票してるんだ」

「それはいい」と、オヤジがやってきて口を挟んだ。「自政党の中にだって同性婚やLGBTに賛成してる議員がいるじゃないですか。本気で変えるつもりだったら、党議拘束なんか無視して野党と一緒に法案を成立させたらいいんですよ。幹部や右派の顔色を見て、党の方針だから賛成できないなんて言ってる政治家こそ二枚舌って言うんですよね」

「自分の身だけを守る議員だってことだ」

「僕も昔は同性婚もLGBTも関心なかったけど、時代は変わってきたと思いますよ。結婚すれば夫婦にいろんな権利が認められますよね。同性カップルの権利が認められないとすれば、普通の人間の権利が奪われてるってことでしょう。それがダメだと言うんなら、同性愛を法律で罰したらいいんですよ。それを容認してるのに人間としての権利を認めないのはもの凄く片手落ちだと思います」

「右派は異質なものを認めないんだ。野党が反対ばかりだと批判するのも一緒だよ。ムラ社会の典型だ。一人一人が考えて、判断したらいい。日本人はみんなが同じ空気の中にいて、違う人間を排除する。一緒の方が楽だからね。外国人はそうじゃない。違ったら、違うと自己主張する。反対したり、議論したりするけど、個人主義だからそれぞれ尊重してる。だから政治が機能するんだよ」

「戦後の政治家はもっと個性があって面白かったと思います。自政党だって派閥の領袖に存在感があったし、主義主張に幅がありましたよ。結構左寄りの人もいて、政治家の重みというか、器を感じました」

「世の中が悪くなると、右傾化して言論が制約される。被害者意識が高まって誰かを糾弾しろ、みたいなことになる。これまでもそんな歴史を繰り返してきたんだ」

2025年1月　少子化と格差の痛み

経済低迷の一年が暮れ、2025年の年明けを迎えた。

テレビ局が正月番組で取り上げたのは、世界で活躍する日本人アスリートやパリオリンピックのメダリストたちだ。大谷祥平選手はけた外れの活躍でメジャーリーグのスーパースターの地位を不動のものにしている。メジャーリーグ行きが決まった佐々木朗希選手にも注目が集まった。政治経済で遅れをとる日本だが、体格的にハンデとされたスポーツ界で世界のトップレベルで活躍する日本人選手に国民は熱い声援を送った。

一方、ここ数年は少子高齢化を社会が痛みとして実感しはじめたと言える。2024年には時間外労働の上限が設定され、運転手不足のために物流業界が大混乱に陥った。2025年は団塊の世代が後期高齢者となり、国民の5人に1人が75歳を超えた。認知症高齢者が730万人、高齢者世帯は1840万世帯となり、7割が高齢者の一人暮らしか、高齢者のみの世帯となった。高齢者を標的とする特殊詐欺や強盗事件が多発し、一方で交通事故や火災原因など加害者となるケースも続発している。

社会保障費は増加の一途で減少する現役世代の重圧となっている。75歳未満の一人当たりの年間医療費は22万円余りだが、75歳以上は94万円になる。政府は社会保険加入者を増やしたり、後期高齢者や要介護者の負担を引上げるなど取り組みを行っているが、財政負担は増す一方だ。医師不足や介護職不足が深刻化し、公立病院の統廃合も進められ、医療や介護を諦めざるを得ない人々が増えている。老老介護、介護離職、ヤングケアラーなど社会生活にも大きな影響を与えている。

長期にわたる経済低迷、非正規雇用などの低賃金に加えて就業人口の減少がGDPの伸びを抑えている。かつてアメリカに次いで世界第2位だったが、4位に下げ、さらに順位を落とすと予想されている。流通や飲食、観光、製造業をはじめあらゆる分野で人手が不足し、人材争奪の様相を呈している。営業時間の短縮やサービスの打ち切り、製品製造の中止を余儀なくされ、小規模事業者は事業縮小や廃業に追い込まれている。経済界の要求で外国人技能実習制度を規制緩和したものの、東アジアの経済成長と円安によって人材は集まりにくく、移民や日本国籍の取得も保守派の抵抗により依然狭き門となっている。

地方は高い高齢化率と人口流出によって地域経済は落ち込み、税収の減少で地方自治体は財政破綻の危機に瀕している。２０１４年に日本創生会議が２０４０年までに全国半数以上にあたる８９６市町村が消滅の危機にあると公表したが、想定を超えるペースで進んでいる。行政サービスや医療が提供できない過疎地、百貨店など大型商業施設が撤退した地方都市、公共交通機関を喪失した地域が至る所に発生し、地方再生の道は閉ざされている。

正月の報道番組はこうした状況にもカメラを向け、疲弊の克服に向けた地方自治体の努力や民間の知恵を紹介していた。しかし、キャスターは少子高齢化も、人口減少も、地方の疲弊も政府自身が40年も50年も前に予測していたと指摘した。無策とは言わないが、いずれもツーリトル・ツーレイトであり、的外れではなかったかと嘆いた。

会社で仕事始めの朝礼が行われた。20人ほどの所帯となり、会場の食堂は三分の一しか埋まっていない。コロナ蔓延以降、半数の工作機械が休止状態になっている。

「受注が期待通り回復していませんが、今が我慢のしどころです。夏以降は景気が上向くという情報もありますので、この一年、希望をもって頑張りましょう」社長はそう挨拶して笑顔を見せた。

朝礼が終わると、修一郎が社長室に呼び入れられた。

「正月から地区の工業組合の仲間と飲んだけど、厳しい話ばかりで嫌になった。敬老会のようなメンバーだけど、従業員は集まらないし、高齢化するし、経費は上がるし、最賃ものすごく上がって、売上だけが落ちてる。いつ廃業するかって愚痴ばかり聞かされた」

「今、元気に頑張ろうって挨拶されたじゃないですか」

「昔からの仲間5人だけど、息子は誰一人、跡を継がない」

「労働者も大変ですよ。大企業の正社員と非正規労働者では生涯所得が3~4倍違うでしょう。労働者にアンケート調査すると、70歳過ぎまで元気に働きたいって回答が多いらしい。年金支給はいずれ70歳になるというし、蓄えもないから働かないと食えないってことですよ。元気でいられるか、仕事があるかどうかもわからないのにね」

「テレビ見てたら、日本の経済力が落ちるのは中小企業の生産性が悪いからだって経済評論家が言ってた。大企業は設備投資できるから2~3倍いいらしい。メーカーが下請けの加工賃を絞ってきたから設備投資できないんじゃないか。昔は町工場が高品質な部品を作るから日本は競争力があると持ち上げてたくせに途端に中小を悪者にしてる」

「でも僕らが低賃金でも頑張らないと、日本の製造業は成り立たないんですから」

「みんな目先のことしか考えてない。とにかく一年一年頑張らないといけない。よろしく頼むよ」

コロナ以降業績は落ち込むばかりで、社長も年々弱気になっているように見えた。

その夜、修一郎がももたろうののれんをくぐると、剛太とオヤジがビールで乾杯していた。

「正月から何かいいことあったんですか？」

「ああ、オヤジさんに孫ができたそうだ」

「そうなんですよ。35歳になる娘が男の子を産んでくれました。写真を送ってきてくれて」そう言って、嬉しそうに携帯電話の画像を見せた。

「わぁ、赤ん坊だ。楽しみですね」

「夫婦で北海道にいるんですけど、身寄りもないし、二人で育てないといけない。大変だけど頑張ってもらいたい」

「異次元の少子化対策で少しは楽になったんでしょう」

「少し金が出たからと言って子育ては大変だろう。昔は何にもなかったけど、貧乏人の子だくさんとか言われた。子どもを育てやすかったんだろうね」

「環境が変わりましたね。昔は母親が家にいて、両親や近所の人が助けてくれたけど、今は母親も仕事しないと食べていけない。育児休業制度なんて大企業だけですよ。娘は夫婦で飲食店をやってるから二人でなんとかやるでしょうけど」

「うちも育児休業制度を作ってるけど、実績はないし、正直言えば休んでもらえる状況じゃないですよ。取得できる人ってどれくらいいるんですかね」

「自営業も同じですよ。昔は何人か人を使っても利益が出たけど、今は一人でやらないといけませんからね。事業環境が変わって借入がなければいいけど、借金があったら、死ぬか、潰れるまで仕事を続けないといけない」

「大企業の管理職や専門職は若くても1500万も2000万ももらってる。非正規雇用は年収200万足らずでいつ首になるかわからないし、歳を取ったら仕事がない。老後も無年金になる可能性があるし、大病したらたちまち生活保護だ。無貯金者は3割だと言われてるが、うちの社員で預金のある人間が何人いると思う? 社会が上流階級と下流で分断されて、上流の子は一流大学へ行って、留学して、一流企業へ就職する。下流の子は進学できずに非正規雇用になって、一生時間給の仕事をしないといけない。結婚できないし、子どももつくれない。格差を通り越して階層社会になっている」

「テレビが取材するのはデパ地下の高級食材や高級ブランド店だし、3億円もするタワマンの豪華な室内を紹介してる。日本はもともと均質な社会ですから、みなプライドがあって貧困を隠すんですよ。財布は空っぽでもユニクロの小綺麗な服を着て、スマホを持って、コンビニ弁当を食べてるから周囲も違いに気付かない。でも現実は深刻ですよ。外見は同じでも、内面の落差は大きい。社会が断絶してるってことでしょう」

「日本の役人は平均で見てる。一般家庭は夫婦と子ども二人だって言うし、実態は年収2000万円と200万円なんだけど、平均したら1000万だってことになる」

「生まれた孫が二十歳になるのは2045年ですよ。50歳になるのは2075年です。どんな未来が待ってるんでしょうね。そう思うと可哀そうになる。娘夫婦の子だから大企業へ就職するとも思えないし、帯広が人口減少でどうなってるかもわからない。人間らしく生きられたらいいって願うばかりですよ」

「僕は裕福な家庭に育ったわけでもないけど、友だちと差はなかったですよ。お天道様の光を浴びてみんなで野原を駆けずり回ったし、魚や昆虫を捕まえたけど、50年したらそんなこともできなくなるんでしょうね」

「金で命や環境を買う時代になるんだろうな。生まれた時から自分の一生が決められてる気がする」

2025年4月　大阪万博とカジノ、繰り返される敗北

大阪万博はインフレと人手不足が建設費の高騰と工事の大幅な遅れをもたらし、2年前から開催を危ぶむ声が出ていた。万博の会場建設費は当初1250億円とされたが、度々修正が加えられ、4倍とも5倍とも言われる巨費に膨れ上がった。増加した総工費や運営費を誰が負担するのか、国と自治体、財界との間で押し付け合いが続いている。海外パビリオンの着工が進まず、やむなく万博協会が建設して参加国に貸し出されることになったが、更なる負担増になるのではないか、国会でも再三追及された。建設費の高騰を理由に参加を辞退する国も相次ぎ、規模も縮小された。国家の威信をかけた万博だが、建設をめぐるトラブルと国民の不人気によって政府内からもお荷物との声が絶えなかった。

万博は予定を3か月延期して7月に開幕した。ももたろうの小さなテレビには万博会場の開幕イベントが映し出されていた。

「オヤジさん、チャンネルを変えてくれないか」と剛太が言った。

「ダメですよ。今日はどこを見たって万博一色でしょう」

メイン会場では華々しい開幕式が行われ、ステージには担当大臣や大阪府知事、大阪市長が並び、盛んに大阪のＰＲをしていた。ここ数日、大阪各所で催される歓迎イベントや海外からの賓客が紹介され、テレビを独占していた。メディアは関西一円の高揚ぶりを伝え、主催者側は早々と経済効果を上方修正した。

「万博のテーマは『いのち輝く未来社会のデザイン』と言うんですってね」

「そうかい？俺に言わせれば、『経済大国日本の残り火』だね。俺が中学生の時に大阪万博があったけど、胸が躍ったことを覚えてる。親父とお袋が兄弟４人を連れて行ってくれた。その時、初めて新幹線に乗ったんだ。太陽の塔があって、月の石も見た。あの頃は経済が右肩上がりに成長して、便利になって、豊かな未来があると信じていた。俺たちの世代は50年の落差を感じないわけにはいかない」

「剛さんらしいね。暗い世の中でも少しは心が高鳴るじゃないですか。僕はもう一生万博なんか見れないから、一度は行ってみたいな」

「開催前からゴタゴタして莫大な税金を投入することになる。何のための万博なのか、意味が分からん」

「円安で資材価格が高騰したんだから、タイミングが悪かったんですよ」

「根本的な問題だよ。この国のリーダーがご都合主義で、時代が分かってないって話じゃないか。

日本は昭和の高度経済成長期に東海道新幹線、東京オリンピック、大阪万博をやった。一つ一つが敗戦からの復興の証しだった。世界が脅威の経済成長に驚いたし、日本人の誇りだったたし、日本中が沸き立った。あれから半世紀以上経って、日本の国情は180度変わってる。日のいずる国から日の沈む国になってしまった」

「50年前は全国から大勢押し寄せたけど、今は情報が氾濫して価値観も多様化してるからどれだけ人が集まるんでしょうね」とオヤジが言った。

「俺が情けないと思うのは、半世紀経ってまたオリンピック、万博、新幹線に頼ってる。過去の栄光を真似るだけで、未来への展望がない。しかもね、東京オリンピックを見てみろよ。最初は7千億の予算だったけど、1兆4千億になって、実際は国や都が別に金を出してるから3兆円を超えたと言われてる。競技会場の設計はやり直し、利権まみれで贈収賄で何人も逮捕された。JOCの竹田会長も、森会長も辞任するし、演出家やディレクターらが次々と醜聞を世界に晒した。選手は頑張ったのかもしれないけど、世界に日本の恥部を拡散した大会だった」と剛太が言った。

「あれほどチグハグ、ゴタゴタ続きのオリンピックは異常でしたね。運が悪いとか、たまたまっていう話じゃないですよ。国家の威信をかけた大事業があの様ですからね。日本に国際的な大イベントを仕切る能力がないってことでしょう。万博の収支も悪いでしょう」

「頭がいい人たちが企画したのかもしれないけど、賢いとは言えないよ。万博は半年で終わるけど、カジノの借金はもっと酷いことになる。言い出しっぺはみんな逃げてるじゃないか。大阪湾の夢洲が会場だけど、もともと大阪市が埋め立てた人工島で、使い道がなくて負の遺産と言われてた。オリンピックの選手村にしようとしたけど、誘致に失敗して万博をやろうとなったんだ。行政の見通しの甘さをカムフラージュした曰くつきの案件だよ。そもそも今なんでカジノが必要なのか、不思議に思わないか？世界が称賛して、インバウンドが増えてるのは日本の文化や日本人のおもてなしに魅力を感じてるからだろう。賭博をやったら日本のイメージのぶち壊しだ。利権の塊か、借金の塊か、いずれにしても日本人の恥を積み上げることになる」と剛太が言った。

「カジノは経済効果があるんじゃないですか？」

「無理だよ。会場は大阪湾の埋立地で地盤沈下や液状化のリスクが高い。大阪市ははじめ否定してたけど、結局ＩＲ事業者との契約交渉で対策費として７９０億円の支出を決めたんだ。南海トラフが来ると言われてるから大阪はけた外れの負担を背負いこむことになるだろう。大阪の経済も財政も地盤沈下どころじゃすまないよ」

「日本人はギャンブル好きだと言われてるけど、僕は依存症が心配ですよ。大きな禍根を残すことになるんじゃないでしょうか」

「俺は資料を見せてもらったことがある。年間の来場者を２０００万人と見込んでるけど、隣にあるユニバーサルスタジオジャパンだって１４００万人しか来てない。日本文化に触れたいという外国人観光客がカジノには行かないんじゃないかって聞いたら、インバウンドじゃなくて日本人で達成させる計画らしい。収益も海外のカジノに比べて半分以下の来場者で2～3倍も見込んでる。日本人が食い物にされるってことだろう。こんな甘い構想でIR事業者を誘致しても、利益が出なかったら国や自治体が訴訟を起こされる可能性がある。大阪府民や大阪市民の税金で支払われることになるんじゃないか？」

「ぜんぜんそんなこと報道されませんよね」

「メディアなんかそんなもんさ。大阪は刷新党の勢力が強いから、おだてたとしても睨まれる報道はしない。強い連中の顔色ばかり見てる。ついでにリニア新幹線も言うけど、馬鹿げてると思う。東京と大阪を1時間ほどで結ぶけど、チューブみたいなトンネルを走るらしい。狭い国土で一極集中を助長させるだけだと思わないか？大阪は東京の通勤圏になって、地方都市化するってことだ。技術開発はいいとしても、本音は輸出なんだろう。だから初めの計画は東京と名古屋だったんだけど、わざわざ大阪までの延伸を要望してる。でも膨大な建設費は将来にわたって国民に押し付けられるんだ」

「剛さんの話を聞いてて思うけど、国家的な事業で、しかも巨費なんだから日本の未来を築くものに投資してほしいですよね。なぜイベントやリニア新幹線なのか、理解できませんよ」

「オリンピックも万博もリニアもまるで太平洋戦争の玉砕作戦みたいだ。明確な理念や目的がなくて、指揮官の思惑と名誉が優先されてる。時代遅れの戦術に莫大な物量を投入するから損害と戦死者が膨れ上がってしまう。アメリカは最新鋭のミサイルなのに日本は旧式鉄砲で戦ってるような気がしますね」とオヤジが言った。

「万博は安田さんと大阪の下橋さんの思惑が一致した政治的な産物だからね。反対したのは反刷新勢力だけど、力がなかった。関係者だって失敗しても、責任を追及されるわけじゃない。莫大な借金をどう工面するのか、腐心するだけだ。後になって彼らは、自分は無理な計画だとわかってたけど、当時は反対できる空気じゃなかった。そんな雰囲気が出来上がってたって言い訳するんだよ」

「なるほどね、日本は変われないですね。やっぱり万博へ行くのやめた」

6月下旬に衆議院が解散され、万博開幕直後に衆参選挙が相次いで告示された。ダブル選挙は史上3度目となるが、過去2回はいずれも自政党が大勝している。万博開催中の夏休みであり、疑念の声もあったが、万博の盛り上がりの中で選挙戦を戦いたいという与党のねらいがあると言われた。

万博関連の建設需要とインバウンドや全国からの観光客を見込んだ旺盛な投資のお陰で大阪を中心に関西圏の経済は活況が伝えられた。空飛ぶタクシーの導入は全国への展開が期待され、高い関心を集めた。そうした動きは首都圏にも波及して株価が上昇し、与党のねらいは図に当たった。

選挙戦は野党の分裂によって候補者が乱立したことや注目される政策提言はなく、手ごたえのある論戦は聞かれなかった。拡大した防衛予算や少子化対策の恒久財源が選挙戦の争点となり得たが、選挙における増税論議は敬遠され、財源問題は封印された。政府は国債の追加発行や社会保険料の上乗せで賄うとしている。メディアも選挙戦よりも万博にカメラを向け、争点も関心もない選挙だったと振り返った。結果は衆参選挙とも投票率50％を割り込んで過去最低を更新し、与党の圧勝に終わった。

選挙後、修一郎と剛太はもちたろうで酒を飲んだ。

「どうです？予想通りでしたか？」と修一郎が剛太に尋ねた。

「面白くない選挙だった。投票率も最低だった」

「昔は国政選挙だったら70％くらいあったけど、ずっと50％そこそこでしょう。今回は50％を割って自政党が勝ったけど、宗教団体の固定票がかなり占めてるし、土建屋とか農業関係とか利権団体は集票力がある。自政党岩盤層の高齢者は投票率が高いですよね」

「政権交代なんか起こらないし、総選挙の意味があるのかと思う」

「政治に魅力がないんですよ」とオヤジが言った。「金がある頃は公共事業をやって政治が目に見えたけど、もうそんな時代じゃありませんし、世の中は変わらないって有権者が思ってるんじゃないですか？」

「候補者にも魅力が感じられない。二世や官僚出身が多いし、議員になることが目的だって顔に書いてある」

「候補者もまともな公約してませんよね。街頭でビラをもらったけど、刷新党の吉本さんとツーショット写真が載ってるだけだった。演説も政党が作った紋切り型の政策を繰り返してた。選挙公報を見てたら、ＡＩを活用して最適な政策を提言すると書いてた候補者もいましたよ」

「ほんとか？そんなのがいたのか」と言って剛太が大笑いした。「自分の信条や熱意で世の中を変えたいって訴えるのが政治家だけどな。ＡＩの方が政策立案できると言われればそうかもしれないけど、いっそのこと国会なんかやめてＡＩに任せたらいいんだ」

ちょうどその時、修一郎の携帯電話が鳴った。自宅からの電話は、姪の山形知恵が自殺したという知らせだった。思いもよらぬ報に修一郎は愕然とした。あわててももたろうを飛び出し、日暮里の病院へ向かった。

修一郎は蒲田駅から京浜東北線で病院へ向かった。電車に揺られながら5年前を思い出していた。弟の自殺を聞いたのも夕刻、会社を出ようとした時だった。中央線に乗り換え、中野の病院へ急いだ。同じ不幸が弟の家族に繰り返された。鼓動の高鳴りを押さえることができなかった。

病室に入ると、ベッドで横たわる娘に母親が寄り添っていた。修一郎に向けて上体を上げたが、目はうつろですぐに頭をたれた。

「いったいなぜこんなことに」

「信じられない。会社の屋上から飛び降りたんです。その直前にこのメールが来たんです」と言って携帯電話を見せられた。

発信時刻は、「今日15：45」となっていた。修一郎は画面の文字を読み進めた。

数日前、数万円の現金が所在不明となり、部内で問題になったという。盗みの嫌疑が彼女に向けられた。父親が借金で自殺し、金に困っていたという周囲の憶測があらぬ疑いを生んだ。これが社員間のラインで瞬く間に拡散した。交際していた同僚の男性からは一緒に昼食に行くことを拒まれ、上司から疑念の言葉を投げかけられた。彼女は孤立し、絶望し、咄嗟に死を選んでしまったのだ。

「私がここに来た時にはもう亡くなってました」と母親は泣きながら話した。

「そんなことあり得ない。証拠でもあるのか」

「あの子はお金になんか困ってなかった」

「かわいそうに。就職したって元気に報告してくれた。仕事を頑張ると言ってたのに。なぜこんなことになるんだ。許せない」

「3～4日前、知恵が帰ってきて、会社でお金が行方不明になって困ったと言ってました。その時は笑って話してたのに」

母親は娘の遺体に顔をうずめたまま泣き続けた。修一郎はただ見守るしかなかった。わずか二十歳の娘がなぜ死ななければならなかったのか、ただただ無念でならなかった。やり場のない怒りにのみ込まれた。

沈黙のまましばらく二人は病室で過ごしたが、母親が一夜、娘といたいと言うので、修一郎は病院を去った。

翌日、修一郎と妻は会社を休み、病院へ向かった。母親は少し落ち着きを取り戻しているようにも見えたが、表情は直視できるものではなかった。亡骸を自宅に連れて帰り、その後斎場で親族だけで見送ることにした。放心した母親に代わって修一郎がそれらの手続きを行った。

「誹謗中傷のメールが社内に拡散した。無責任な噂を会社の誰かが発信した。糾弾されるべきだ。そんなメールを拡散させた会社の責任も大きい。知恵がそんなことするはずがない。究明して裁かれるべきだ」と修一郎が言った。

「ええ、知恵は帰らないけど、知恵の無念だけは晴らしたい。男にも言いたい。男は知恵の言葉よりも携帯電話の文字を信用したんです。知恵の悲しみを思うと、耐えられません。落ち着いたら会社に行ってきます」

葬儀は父親が眠る霊園で執り行われた。知恵が親しくしていた高校時代の友人数名と修一郎の家族が参列しただけだった。無責任で卑劣な思いつきがSNSの力を得ると、途方もなく巨大な力となって知恵を死に追いやった。ただちょっと、ひょっとしたらと思って、そんなことまで知りません、発信者の軽々しい言い逃れが、読経を聞く修一郎の頭の中で渦巻いた。

修一郎は事件から4日後、出社した。その日、剛太は会社で月末の棚卸を手伝っていたが、終業後、ももたろうへ行くことにした。

修一郎は席に着くと、すぐに事件の経過を話した。

「SNSか。もし、面と向かって話していたら、そんなことにはならなかっただろうな」と剛太が言った。

「そうかもしれない。知恵は直接反論しただろうから」

「拡散して彼女にはどこまでも敵が広がってるって思えたんだろう」

「発信者を絶対に突き止めて、知恵の無念を晴らしたい」

もももたろうのオヤジが話を聞いていた。「僕はね、SNSって嫌いなんですよ。あれは人間と人間を遠ざける。言葉で話せばいいのに、無機質なただの信号ですよ。文字が並んでるけど、心がない。人を守るのは言葉に心があるからですよ。ところが今の世の中は便利で楽だからメールの文字で代用するんです。相手の感情や対応を気遣う必要がないんだから。人を切り捨てたり、突き放したりできるし、自分はどこまでも逃げて、姿を隠すことができる」

「SNSは定着して、今さら後戻りなんかできないよ。Z世代の若者は家族同士、家の中でメールをやり取りすると言うじゃないか。否が応でもそういう時代になっていく」

「伝達なら会う必要もないけど、人と人のつながりは一方通行じゃないですよ。親しい人なら顔を合わせて、目や表情を見れば、何を言いたいのか察しがつきます。昔、プロレスラーの木村はなさんが自殺したじゃないですか。発信者は自分が正義だと言わんばかりにはなさんを痛めつけた。面と向かったらおくびにも出さないのに、SNSでは途轍もなく傲慢になる。そしてもの凄くたくさんの人がその誹謗中傷に加担したんです。心の傷みもためらいもなく、自分の頭で考えることもなく、その言葉を鵜呑みにして同調した。大勢で一緒に悪い人間を懲らしめたと満足してる」とオヤジが言った。

「知恵さんの彼が彼女に寄り添ってちゃんと話をしてたら自殺することなんかなかった。罪が大きい。メールの傍観者たちは事実だから自殺したんだと思ってるかもしれない。人間は膨大な情報の渦の中にいて、感受性や想像力が退化してる」

「恐ろしい世の中になったと思います。ネットに浸されてると、何が現実で、何が非現実なのか、判断できなくなってしまう。人間同士がちゃんと向き合うことが大切なんだと思います」

2026年1月　凋落を続ける国家

荻野政権はダブル選挙の勝利で安定多数を維持し、内閣支持率も40％を保っていた。世界経済の立ち直りが進み、大納会では日経平均4万円を窺うところまで値を上げている。政治の安定と経済の回復により社会は落ち着きを取り戻していた。

穏やかな好天の下で2026年の新春を迎えた。荻野総理は元旦から伊勢神宮に参拝し、同行した閣僚や自政党幹事長らを随えて年頭会見を行った。安田元総理が悲願とした戦後レジームの転換を成し遂げるとし、政策実現に自信を示した。

第一に盤石な安全保障体制を築くとした。軍事的脅威を強める中国やミサイル発射を繰り返す北朝鮮を念頭に防衛予算の増額と日米安保体制の強化を掲げた。そして憲法改正が不可欠だとして具体的に憲法9条の見直しと緊急事態条項に言及した。

第二にヤスノミクスを堅持して強い経済を復活させるとした。高齢化がピークを迎える社会保障や少子化対策も重要課題としたが、消費税増税には消極的な姿勢を見せた。安田元総理同様、一定の国債依存は妥当性があるとの考えを示した。さらに円安に乗じて海外、とくに中国による不動産取得や企業買収を懸念する声があるとして、法整備を検討すると明言した。

総理の言動に呼応するように読日新聞や産国新聞は憲法改正の論陣を張り、テレビの討論番組でも憲法改正派の論客が顔を揃えた。安全保障環境の厳しさを背景に世論調査では、改正賛成が反対を大きく上回った。強い日本の復活をめざすという世論が浸透しつつある。

同時にドイツやイタリアという第二次世界大戦の敗戦国にアメリカの核が配備されていることが特集されると、日本国内にも同様に核配備を求める声がSNS上で拡散した。隣国の核の脅威や侵略から国を守るためには核による抑止が不可欠だとされた。世論の高まりに応じて自政党や刷新党の中に研究会が設置されると、中国や北朝鮮から過激な反発が発せられ、日本海を挟んでさながら核戦争の脅威を彷彿させた。

2026年には沖縄で県知事選挙を含む、6市の市長選挙が予定されている。辺野古移設に反対する金城デニーが県知事を務めているが、ここ数年の市長選挙では財政支援というニンジンによって保守系候補が次々に勝利し、外堀が埋まりつつある。複数の自政党幹部が9月の県知事選挙に言及し、必ず勝利して安保重視の流れを作ると発言した。

辺野古基地の埋め立ては国の代執行によって工事が進んでいるが、当初３５００億円とされた総工費は予定地にマヨネーズ並みとも言われる軟弱地盤が見つかり、９３００億円に引き上げられた。工期も5年から9年3か月に延長されている。しかし、専門家は難工事のために工費が最終的に2兆円、もしくは3兆円になると指摘し、完成を危ぶむ声が出ている。

修一郎と剛太はいつもの席で酒を飲んでいた。その日のテレビでは、日本の凋落と教育と題して報道番組が流れていた。

「オヤジさん、テレビの音量を上げてくれないか。聞かなくても見当はつくけどな」と剛太が言った。

画面には主要国のＧＤＰの推移が映し出された。２０２７年には中国がアメリカを抜いて世界トップとなり、日本は人口が3分の2のドイツに抜かれて4位となっていたが、インドにも抜かれて5位になる。数年の後にはインドネシアやブラジルにも抜かれるという。一人当たりＧＤＰは日本がかつてアメリカを凌いで世界2位だったが、40位にまで落ちている。国際競争力も１９８９年から１９９２年まで世界1位を誇ったが、年々順位を落として43位に後退した。30年前は世界のトップ企業10社の中に日本の7社が占めていたが、今や50位以内に1社も入ってないと報告された。

キャスターは失われた30年の時代に日本だけが凋落していると危機感を示した。自身は60歳だが、最近の若者に夢や向上心がないと感じている。彼らが意欲を取り戻さなければ日本はますます後退を続けるとした。数名の論客によって討論を行うが、テーマは日本の教育を検証し、成長力のある強い日本を取り戻すことだと提起した。

「こういう話になるといつも犯人捜しをするんだ。詰め込み教育が悪かったとか、ゆとり教育が悪かったとか言って、文科省や日教組に責任を押し付ける。高度経済成長を支えた若者は戦時中、軍需工場へ行ってたし、終戦直後はまともな教育なんか受けてなかったんだけどな」と剛太が言った。

「日本の凋落ぶりは酷いですよね。人口減少や高齢化だけが原因じゃないでしょう。おまけに財政赤字は断トツのトップですよ。重大な欠陥があるのは明らかですよ。政治家や官僚に聞いても埒が明かないだろうし」

「教育が槍玉に上がっているから、オヤジさんに聞いてみよう」剛太はそう言って、オヤジを呼びよせた。

「聞いてましたよ。僕にはそんなこと分かりませんけどね」

「欧米は子どもの個性や長所を伸ばす教育をしてると聞きますよね。日本は暗記が中心で考えさせることがないって。それは納得できますよ」と修一郎が言った。

「強いて言えば、教育は平等であるべきだって観念に支配されてて、教育の幅を縛ってると思います。教育機会は平等に与えられるべきだけど、結果平等を求めてる。徒競走で全員を同時にゴールさせるなんてこともやってたけど、日本特有でしょう。子ども一人一人は個性も能力も違うから、頭脳明晰な子どもは小さい頃から英才教育をさせたらいいし、運動神経が良い子はスポーツをやらせたらいいでしょう」とオヤジが言った。

「欧米は個人主義だから平等より個人を尊重するんでしょうね。日本の親はうちの子にも英才教育してくれって言うでしょう。隠れた才能が開花するかもしれないとか言って」

「そりゃ、社会に出た時、学歴で差別されるって大人が感じてるからだよ」

「もう一つ言えば、教師の側にゆとりがなくなりましたね。今の先生は管理業務に手が取られてパソコンばかりやってるから、子どもに向き合う時間がないらしい。授業に付いていけない子が増えてますよ。それに今の小学校には高鉄棒はないし、跳び箱は事故が多いからってやらせない。あれするな、これするなって制限して、子どもが学んで、成長する環境を奪ってると思います。いろいろ経験して、危険を認識することも重要ですからね。子どもたちが可哀そうですよ」

「たしかに。学校で怪我でもしようものならテレビが全国ネットで放送してる」

「大人の側の都合や対面が優先されて、子どもに焦点が当たってるとは言えないでしょう。親も子どもを宝物みたいに育ててますからね。教育現場をもっと守るべきだと思います」

「日本が成長力をなくしたと言って教育に責任転嫁するけど、俺はお門違いだと思う。たしかに就学以前のしつけは重要だけど家庭や社会が崩れてるし、教育委員会なんかも建前が優先してる。でも本質は社会や組織の側にあると思う。せっかく個性的で有能な社員が入社しても会社が使いこなせないし、芽を摘んでしまう。自己主張するやつは嫌われるし、排除してしまう。みんなに同じことをやらせて、給料も一緒で円満な職場をつくった方が上司は管理しやすい。民間企業より官僚はもっと露骨だよ。学閥と年功序列で雁字搦め（がんじがらめ）になってる。窮屈で成長のないムラ社会だから希望がもてない。上司の顔色ばかり見るようになる。みんながもっと夢とか、可能性を持てたら、子どもたちもそのように育つよ。日本の凋落はこれが原因じゃないか？」と剛太が言った。

「なるほどそうかもしれない」

「日本は高度成長の後だっていくらでもチャンスはあった。半導体は日本が世界を凌駕してた。ところがアメリカから因縁つけられて日米半導体協定を結んだ。低価格販売を止められて、結局台湾や韓国や中国に追い越された。アメリカの不平等条約を拒否できなかったからだ。もちろん企業にも問題があった。日本の経営者は自分の会社単位で考えるし、大規模な投資を躊躇するし、技術者の人件費を抑えた。だから優秀な技術者は高い報酬で引き抜かれて、韓国や中国の大規模投資を支えたんだ。太陽光パネルだって日本は世界のトップを走ってた。せっかく育てた事業なのに経産省は5年で補助金を打ち切ったんだ。その後中国が断トツのトップになったけど、日本はみるみる順位を下げて15位まで落ち込んだ。先を読む力がなかったってことだけど、国内に再生可能エネルギーの成長を拒否した連中がいたからだと俺は思ってる。原発村や大手電力に気兼ねして官僚が方針転換したんだよ」

「日本の凋落って言うけど、果実や和牛なんか世界が驚いてますよ。海外の果実なんかぜんぜん美味しくない。富裕層が高い値でも買うから輸出が急成長してる。国の支援も少しはあるんだろうけど、農家が研究熱心でコツコツ努力した結果でしょう」

「その通りだ。個人だと成功するけど、国や企業になったら失敗する。国は金を出したらいいけど、日本の場合はいろいろ口を出すし、企業も目先の利益に拘ってる。スケールが小さいし、近視眼的なんだ。日本人の感受性や勤勉さがあったらもっと技術革新したり、新分野を開拓したりできるよ。自由にやらせた方がいい結果につながってる」

「アニメとか、ゲームの人気も凄いですよね。世界でトップを走ってる。プロスポーツ選手も海外にどんどん進出してる。政府がとやかく関与しない分野ばかりだ」

「おもてなし度ランキングとか、文化度ランキングだったら今も日本は世界のトップクラスだよ。ブータンはGHPとか言って、幸福度ランキングを作ってる。日本はGDPみたいな数字で一喜一憂するより、本質をしっかり議論すべきだ。政治家も経営者も思惑や損得が判断基準になって、自己と組織を同一視してる。組織や事業を合理的に分析したり、評価できたらもっと可能性が広がる。公私混同してる限り日本の凋落は止まらないよ」

テレビのキャスターは番組の最後に若者の意識調査を紹介した。7か国の若者を比較したものだが、将来に明るい希望を持っている若者は、他の6か国が80％以上であるのに対して日本だけが60％に留まっている。自己肯定感についても他の国は70％以上だが、日本は45％しかなかった。別の調査では留学を希望しない若者は他国に比べて日本が圧倒的に高く、将来外国に住みたいという若者は低い数値を示した。

「今の若者は凋落する日本の中でしか育ってませんからね。いっそ幹部社員の定年を50歳にして権限を全部若者に委譲したらいいんだ。もっと成長しますよ」

「これからはアジアの時代だと思う。経済成長は中国に続いて、アセアン、インドと続く。日本は一歩も二歩も早く経済成長も人口減少も高齢化も経験してる。アジアの国々は日本の後、同じように社会の変化に苦しむことになる。高齢化が進んで、成長の余地は限られていくけど、日本はその経験と知恵を積んできた。貴重な財産を持ってる。日本人はこうしたアジアの国と共存共栄できる民族だと思う。アメリカと中国の間に挟まって、どっちの味方だと言ってる場合じゃない。日本はアジアを舞台に活躍の場を求めたらいいんだ」

「日本は島国だけど、もっと世界に出て行かないといけないんでしょうね」

「そうだ。日本の政治家は内政に強いけど、外交には弱いし、関心も薄い。政府として動けなくても、一人の政治家として中国とか、北朝鮮とか、ロシアとか、非公式に話だってできる。水面下でも意思疎通を図って、相互理解を深めたらいい方向に進む可能性が生まれる。以前に鈴川宗男がロシアに行ったら、刷新党が除名処分にしたじゃないか。世間体を気にしてるんだ。馬鹿なことをしたもんだ。内向きじゃなくて、外に向けて対話を重ねることが大切なんだ」

2026年7月　好まれざる不可避な現実

2026年の気象異変は前年の冬から予想されていた。気象庁は海水温の上昇が過去最高に達し、より大きな偏西風の蛇行によって過去にない異常気象が発生すると警鐘を鳴らしていた。集中豪雨や大型台風、異常高温、干ばつに対して最大レベルの警戒が必要だとした。

2010年代になって地球温暖化に起因する異常気象が顕在化し、集中豪雨や大型台風、熱中症などによって多くの犠牲者や被害が発生していた。国土強靭化として治山治水対策、防災対策、さらに気象予想も飛躍的に向上したが、それらを上回る猛威が人々に襲いかかった。その度に気象庁は命を守る行動を呼びかけるが、その原因とされる地球温暖化に対して政府の強いメッセージや対策は聞かれない。政治も、行政も、そしてマスコミも被害発生には敏感に反応するが、地球温暖化はその枕詞でしかない。

2025年の冬、漁期を迎えても各地の漁港における漁獲量が例年の数分の一にも満たないというニュースが次々と伝えられた。海水温が1℃上昇すると水中生物にとって体感的には5℃の上昇に匹敵するという。漁船は魚を求めて遠洋まで出漁することになり、メディアは水産業者の苦境と魚価の値上がりを報じた。

6月初旬に梅雨入りして以降、海水温の上昇が梅雨前線を活発に刺激した。大量の水分を含んだ雲が日本列島周辺に発生し、各地に記録的な豪雨をもたらした。当初は九州、中国・四国で発生し、次第に近畿、東海、北陸、さらに関東、東北から北海道へと被害は全土に及んだ。

降水量50ミリ以上の線状降水帯を伴ったゲリラ豪雨が毎週のように発生し、多くの地点で月間降水量を更新した。河川の氾濫や土砂災害が続発し、おびただしい数の家屋が流出して犠牲者数は積み上がった。事前の避難措置が取られているにも関わらず、短時間に想像を絶する降水量となるために避難路を絶たれるケースが相次いだ。とりわけ低地における水没や土砂災害によって高齢者の犠牲が顕著となった。

8月には3つの超猛烈な台風が日本列島を縦断した。最大瞬間風速がいずれも60メートルに達し、住宅や農産物に甚大な被害を与えるとともに都市機能が喪失した。大阪湾では満潮と重なり、高潮被害が発生した。淀川が破堤し、大量の水が梅田地下街から浸水した。瞬く間に大阪メトロの全路線と大阪南の地下街に達し、長期間水没することとなった。首都圏の一部でも数日間、電力供給が停止し、人的経済的に甚大な被害が発生した。

鉄道や主要道路が各所で寸断され、物流に深刻な支障が生じた。トンネルや橋梁は建設から50年が経過した施設も多く、厳しい災害に耐えられないと専門家は分析した。過疎地のローカル線や山間部の地方道が不通となったが、一部では早期の復旧は困難とされ、代替路の通行が推奨された。多くの集落が孤立したが、取材のヘリコプターは取り残された住民が手を振って助けを求める姿を連日のように映し出した。

政府は今夏の長期にわたる災害に対して激甚災害に指定し、復旧復興を支援した。さらに経年劣化が進むトンネルや橋梁、学校施設などの再点検を指示したが、災害復旧事業と合わせて建て替え工事には巨額な事業費が投入されることになる。

全土にわたる台風や豪雨災害のために農作物被害は莫大なものとなった。生鮮野菜の出荷量は激減し、価格も値上がりした。稲刈り前の水田が長期間にわたって冠水するなどコメも記録的な不作が避けられないと伝えられた。

地球温暖化による異常気象は日本に留まるものではなかった。世界各地から想像を絶する驚愕のニュースが飛び込んできた。アフリカやインドでは60度に迫る高温と干ばつによって多数の動植物が死に絶えたという。オーストラリアや南米、ヨーロッパでは大規模な森林火災によって多くの町が焼き払われた。北米では超大型ハリケーンの発生と熱波により、家畜や農作物に深刻な被害が発生した。オセアニアに位置するツバルでは猛烈なサイクロンと高潮のために国土水没の危機が迫り、1万人余りの国民がオーストラリアへ一時避難するという事態に至った。世界の各分野の専門家は地球の生態系の変化が後戻りすることはないと警告を発した。

世界規模の異常気象は収穫期を迎えていた小麦とトウモロコシに大打撃を与えた。アメリカやカナダ、オーストラリアといった主要輸出国に被害が集中し、アメリカは国内消費を賄うために輸出禁止を決定した。人類の命を支えてきた小麦とトウモロコシだが、近年、気候変動、世界的な人口増加、BRICsの経済成長、さらにエタノールの原料使用によって穀物在庫が底をついていた。そこへ世界規模の異常気象が追い打ちをかけたことになる。国際連合食糧農業機関は緊急事態を宣言し、各国に協力と支援を求めた。これまでも9億人が必要なカロリーを摂取できないとされてきたが、アフリカやアジアの途上国を中心に数億の人が餓死する危険性が高いと訴えた。

日本では8月になると、路地野菜の供給が止まった。次いでパンや保存食品、コメも供給不足に陥り、コンビニの陳列棚から一瞬の内に商品が消える事態となった。休業を余儀なくされる生鮮スーパーも現れた。消費者はネットで入荷情報を集め、近所のスーパーを回ったり、店頭で長い行列を作ったりした。単身の若者はコンビニを冷蔵庫代わりに使っていると言われていたが、腹を空かした若者が路上にたむろしたという。

同時に食品価格の高騰を招き、低所得者や高齢者世帯の生活を著しく苦しめた。一部の消費者が買い占めたこともあるが、価格は通常の2倍から4倍に跳ね上がった。ネット上では通常の10倍〜20倍の価格でコメが売られていた。

政府は早々に備蓄米の放出を決め、農協中央会や流通業者に穀物供給を指示した。穀物生産国に対して輸出を働き掛けたが、世界的な食料危機の中で成果はなかった。同時に売り惜しみや便乗値上げに対して厳罰を科すと警告したが、流通の混乱は長期にわたった。

日本の食料自給率は35%だが、近年高級和牛や高級果実など輸出促進に力を入れ、穀物自給率は25%まで落ち込んでいた。全国には約45万ヘクタールの耕作放棄地があり、全国の農地の9分の1に当たると言われている。政府は食料増産目標を設定し、耕作再開に対して多額の補助金を支給すると発表したが、就農者の減少と高齢化、農地の荒廃が進み、現場からは急な食料増産は困難との声が上がっている。

首都圏にも猛烈な台風が襲来し、都心部でもゲリラ豪雨が度々発生した。幸い工場や自宅が被害を受けることはなかったが、食料供給の不足は毎日の生活を脅かした。修一郎も妻に頼まれて、何度も遠方の店舗へ買い出しに出かけた。

しばらくももたろうへ行くことを控えていたが、9月中旬になってようやく剛太と二人で酒を飲むことができた。

「オヤジさん、ご無沙汰してます。２か月ぶりですよ。ここのおでんを食べたかったんですよ」と修一郎が言った。

「有難うございます。品切れもありますけど、ゆっくりやって下さい」

「俺は隣だから店が閉まってても、無理を言って世話になったんだ」

修一郎はビールを一気に飲み干し、おでんに箸をつけた。

「スーパーにもコンビニにも溢れるほど食料品があったのに一瞬の内に消えましたよね。食料危機ってこういうことかって恐ろしくなりました。災害も怖いけど、食料危機は経験したことがなかったから、どうしていいかわからなかった。そのうち食料の配給なんてこともあるでしょうね」と修一郎が言った。

「俺はこうなる前に死ぬつもりだった」と剛太が言った。

「庭の植木を抜いて、野菜を植える人が増えてますよ。農業のために地方へ移住する人もいるらしいですね」

「政府は経済力があるから農産物を輸入できると高を括ってたが、口だけだった。食料増産と言ってるけど、簡単にはできない。食品調達が難しい単身の高齢者は飢餓状態だって言うじゃないか。俺はももたろうのお陰で生き延びてるが」

「2か月前まで飽食の時代だと言われてたのに、飢えることも覚悟しないといけない。まるでSF映画の世界ですよ」

「日本は戦後、アメリカから小麦と大豆の輸入を要求されて、国内生産を落とした。自動車を輸出して、食料を輸入する国になったから自給率が下がり続けた。ヨーロッパも昔、自給率が軒並み低かったが、第二次世界大戦でヨーロッパが戦場になった時、食料自給の大切さを知ったんだ。だから数十年前から各国とも農家に対する補助金を充実させた。イギリスもドイツも自給率を倍に引き上げたし、フランスは食料輸出国になった。異常気象とか、食料危機とか、世界の穀物備蓄の減少とか、ずっと警鐘が鳴らされてたけど、日本の食料自給率は下がり続けてる」と剛太が言った。

「日本は不思議な国ですよね。役所はこうした事態を想定できたはずなのに何も対処していない。危機に直面して慌てたって手遅れですよ」

「何もしなかったわけじゃないけど、政治家に意識がないし、農水省もそんな転換はできない。今の農政じゃ自給率向上は不可能だ。日本には農地がたくさんあるけど、国土の7割が山だから条件の悪い農地が多い。農業の採算性を上げるために大きな圃場を整備して、大規模化を進めたんだけど、それが通用するのは新潟や秋田のような穀倉地帯だけだ。中山間地は離農が進んで、耕作放棄地になって地方が疲弊した。民憲党政権の時に自給率を70%にすることを目標にして、戸別所得補償をやったんだ。小農家にも所得補償として経費を補填したんだけど、自政党は農家へのバラマキだと言って批判した。農業は食料供給だけじゃなくて、水の涵養とか、災害防止とか、農村文化の継承とか、地方経済の維持とか、多面的機能を有してる。農産物は工業製品じゃなくて、国民の命と国土を守る糧だ。安田政権になって戸別所得補償を廃止して、農業を成長産業にすると言って高級果実や和牛の輸出に力を入れたんだ。海外の富裕層に対して輸出拡大には成功したけどね」

「まるでアリとキリギリスですね。目の前のことしか考えてない」

「日本の官庁は昔から一流とか、二流とかランク付けがあった。一流官庁は財務省とか、外務省で、農水省や文科省は三流と言われてた。教育とか、食料生産とか、国家百年の大計を思えば、重要官庁のはずだけど、ランクが低いとされてた。省庁間の発言力にも差が出る。こういう順位づけは政治の考え方一つだよ。日本では頭っからそう見なしてた」

「日本の政治のレベルなんですね」

「俺も田舎で畑を耕したり、魚を釣ったりして暮らしたい。修ちゃんはどこか田舎に縁故があるのか？」

「僕の父は地方出身ですよ。父は高校を卒業して東京へ出てきたんだけど、生まれは兵庫県の但馬地方で今でも父の弟が農業をやってると思います」

「いいね。修ちゃんは田舎へ帰ったら、生きていけるよ」と言って剛太が笑った。「敗戦で都市が焼け野原になった時、国民は地方に帰って生き延びた。山を開墾して棚田を作って食料を生産したんだ。山の上には水がないから桶に入れて担ぎ上げたって苦労話を聞いたことがある。そうやって耕した農地だけど、今は木がはえて山に戻りつつある。日本人にもう一度開墾する力が残ってるんだろうか」そう言うと、剛太は席を立った。

二人の帰り際、オヤジがタッパーウェアにおでんを入れて剛太に渡している。

「帰って食べるんですか？」と修一郎が尋ねた。

「ちょっとな」剛太はおでんの入った袋を下げて帰っていった。

その後も剛太はおでんを持ち帰った。剛太がはぐらかすので、オヤジにこっそり聞いたことがある。

「知り合いの子どもに食べさせるんですよ。母子家庭で剛さんが何かと面倒見てるらしい。聞いてませんか？」

「いや、何も。隠し子なんだろうか」

「そんなんじゃないですよ。剛さん、あれでなかなか優しいところがあって、中学生らしいけどお腹一杯食べさせてやりたいって」

1か月ほどしたある日、修一郎が事務室にいると、剛太がやってきた。

「ももたろうが店を閉めるらしい。12月末だと言ってたが」

「えー、本当ですか？困るなー。剛さんだって飲むところがなくなるじゃないですか」

「そうだよ。週に3～4日は行ってるから」

「何かあったんですか？」

「オヤジさんの息子が恵比寿で洋風居酒屋をやってたらしい。コロナ前に店を大きくしたんだが、コロナとインフレに加えてこの夏の食料不足で行き詰まったようだ。借金を抱えてるから、ももたろうを改装して営業するらしい。来年の3月頃から洋風居酒屋の店をはじめると言ってた」

「オヤジさんはどうするんだろう？」

「皿洗いや手伝いで店には出てるから顔を出してくれと言ってた。俺は好き嫌いがないけど、洋風居酒屋って何が食えるんだ？」

「高級レストランじゃないんでしょう？大丈夫ですよ」

「おでんも作ってくれと頼んだら笑ってたよ」

2026年11月に開催されたCOP32はこれまでになく世界の注目を集めた。アメリカ、ヨーロッパ、中国をはじめ、主要国の元首クラスが顔を揃えた。気候変動に脆弱な発展途上国の関心は一層高く、およそ200か国から8万人以上が参加したと言われる。

冒頭で国連事務総長は、地球温暖化はわれわれの予測をはるかに超えるスピードで進んでいる。地球環境の悪化による自然災害と食糧危機は年々深刻化し、放置すれば毎年数億人の命が奪われる。われわれの英知と決断が人類生存のラストチャンスとなると訴えた。

会議では高い目標が掲げられたが、温暖化対策の莫大なコストを誰が負担するかで、先進国と途上国の意見は対立した。先進諸国が経済力で食料を独占している状況を途上国は激しく批判し、南北問題の矛盾が限界に達していることを鮮明にした。日本はＧ７の中で唯一石炭火力発電を継続していたが、厳しい非難を受ける場面があり、廃止の前倒しを約束した。日本の民間セクターによるＣＯ２の排出削減や温暖化防止の取り組みが紹介され、関心を集めた。

ももたろうの最後の日に二人で出かけた。

「ここで随分飲ませてもらったけど、今日で最後だと思うと寂しいね」

「本当に有難うございました。息子とは考え方が違うけど、僕がいる限り居心地のいい店にしたいと思ってます。息子は高校を出てから飲食業が好きでずっとやってきたから今さら他の仕事はできないと言うんですよ。雰囲気も変わるし、メニューも変わるけど、これまで通り来ていただいたら有難いです」

「世の中変わりますからね、昔のままなんてことはありませんよ。新しい物に慣れたらそれがよくなるんですよ」

店のテレビでは報道番組が少子化を特集していた。異次元の子育て対策が実施されているが、出生率が伸びていないという。少子化の進展が今後、社会にどんな悪影響をもたらすか、検証したいとキャスターが言った。

若い女性への街頭インタビューの様子が流された。インタビュアーは二人連れの女性に声をかけた。

「出生率がまた低下してるんですが、子育て対策が不十分ということでしょうか？」

「子育て対策は関係ないわ。子どもを産みたくないと思ってます」

もう一人の女性にマイクを向けた。

「私は結婚してるけど、やっぱり産めないですね」

「なぜですか？」

「韓国でも、台湾でも徴兵制があってアイドルまで兵役についてるじゃないですか。戦争に備えてるんでしょうけど、日本でも軍備を増強しているし、少子化が進んでるからいずれ徴兵制が始まるだろうって友だちと話してます。戦争の時代に子どもなんて産めないわ」

「なるほど、あなたは？」

「地球温暖化が進んで、食料危機が深刻になると言われてる。去年みたいなことになったら大変でしょう。夫婦二人だけで精一杯ですよ。子どもを飢えるような目に合わせたくありません」ともう一人の女性が言った。

インタビュアーは別の女性に聞いた。

「ＩＱが１３０の子や大谷祥平みたいなスポーツ選手を産めるんだったら何人でも産むけど、私がそんな子を産めるはずがないでしょ。こんな時代に産んでも子どもが苦労するだけじゃないですか。将来を考えると、産む気がしません」

「10数名の若い女性に聞いて、子育て支援を評価する声はありましたが、子どもを産みたいという女性は二人でした。結婚すれば意識は変わるのかもしれませんが、ショッキングなインタビューでした」インタビューアーは最後にそう締めくくった。

二人は酒を飲む手を止めて、女性の言葉を聞いていた。

「日本もここまで来たかって感じですね」

「政治や社会に信頼があればもっと前向きになれるんだろうけど」

「今生まれた子がどんな未来を生きなければならないか、見当がつきませんよね。せめて環境や食料や平和が保証できる社会じゃないといけない。このままじゃ子どものいない国になってしまいますよ。政治家はこのニュースを聞いてるんだろうか？」

「聞いて、深刻には思うだろう。でも政治家は日本人だったら国のために子どもを産むべきだって思うんじゃないか？」

「終わってますね」

その晩、二人は遅くまで酒を飲んだ。

「しばらく来れないけど、来年もよろしくお願いします」

帰り際、剛太がまたオヤジに小声でおでんを頼んだ。おでんがつまったタッパーウェアを手提げ袋に入れて帰っていった。

2027年1月　ロストジェネレーション

2027年の正月は寒波に襲われ、東京でも大雪となった。

一昨年の異常気象と食料危機、収束の見えない世界各地の紛争、少子高齢化による社会の変質と経済力の低迷など国民は年頭から正月の天候のような寒々しさを感じていた。

例年であれば年頭の討論番組は政治や経済に焦点を当てるが、今年は生活防衛が取り上げられた。与党政治家がある番組で共助、公助を期待する前に自己防衛すべきだと主張し、ネット上でも支持された。「自己防衛の時代」が流行り言葉になった。

スーパーの店頭には食料品が戻りつつあるが、価格は高値で安定して庶民生活を圧迫している。

政府は緊急の食料輸入や食料増産に努めるとしているが、不測の事態に備えて一般家庭にも食料備蓄を呼び掛けている。サラリーマンも家庭菜園だけでなく、都市近郊の賃貸農地で野菜を栽培することが珍しくなくなった。

治安の悪化も社会の不安要因となっていた。年末以降、警戒を呼び掛ける警察庁のテレビＣＭが頻繁に流されるようになった。特殊詐欺は益々巧妙化し、被害額は年々増加している。金や欲望のための身勝手で刹那的な凶悪犯罪が多発していた。女性や高校生がネットを通じて安易に犯罪に巻き込まれる事件も跡を絶たない。

ももたろうの店先を通ると、改装工事の様子が窺えた。古い格子戸が撤去され、洒落た焼き板の扉が据え付けられている。店内では大工が造作物をこしらえていた。真新しい看板には「洋風バルＭＯＭＯ」とあった。

新装開店を祝う花輪が飾られ、いよいよオープンが近づいた。修一郎と剛太は開店から数日後、新しい店に出かけた。

カウンターの中にはオヤジと息子がいた。

「おめでとうございます。いい雰囲気じゃないですか」と修一郎が言った。

「早速、有難うございます。やっと開店に漕ぎつけました。息子を紹介します。立石啓介です。よろしくお願いします」

息子は40代半ばに見えたが、野球帽を深く被り、伏し目がちに小さく頭を下げた。

店内はすっかり洋風に変わり、白壁から黒壁に塗り替えられていた。カウンターの向かい側の壁には天井まで幾段も棚が施され、洋酒から日本酒までボトルが並んでいる。たくさんのグラスがカウンター席の上の金具から吊り下げられている。店の奥はテーブル席に変わり、店内にはジャズが流れていた。

「メニューを見て下さい。息子と相談して洋風おでんもやります。結構いけますよ」

「そりゃいいですね。早速いただきますよ。大根と玉ねぎとジャガイモ、それと串焼きもお願いします。結構手軽な料金設定で有難いですね」

「うちは高い料理は出しませんよ」

「剛さん、よかったじゃないですか。毎晩来れますよ」

「カウンター席が残っていて有難い。俺はここが落ち着く」

二人は同様に芋焼酎とビールを注文し、久しぶりに乾杯した。剛太は洋風おでんを食べて美味いと言い、店を気に入った様子だった。その日も政治の話をしていたが、議員時代の食事の話になった。

「議員会館に大きな食堂があるし、国会議事堂には議員食堂と寿司屋があった。地下には職員のための食堂や蕎麦屋もある。どこでも行けるんだけど、俺は議員会館の食堂か、蕎麦屋で食うことが多かった。医務室とか、散髪屋も入ってる」

「一度、議事堂の食堂へ行きたかったな」

「特別美味いわけじゃない。議事堂周辺には大勢の人がいるからな。議員はもちろんだけど、秘書や国会の職員や各省庁の役人も多い。陳情客もたくさん来るし、新聞記者もうろうろしてる」

その時はそんな他愛もない話で酒を飲んでいた。すると突然、修一郎の隣の席にいた男が剛太に向って話しかけた。

「あのー、あなたは国会議員をやってたんですか?」

「ええ、やってました」

「僕は議員の人と話すのは初めてなんですけど、聞きたいことがあって、少しでいいんですけど構いませんか?」とその男が言った。年齢は50代で大人しそうなサラリーマン風の男だったが、一人で生ビールを飲み、スパゲティを食べていた。

「ええ、何でも聞いてください。もっとも僕が議員をやってたのはもう17~8年前のことだけど」

「僕は大学を出た時が就職氷河期と言われた時代で、就職先がなかったんです。大学から非正規を紹介されて、取り敢えず流通関係の会社に入りました。期間雇用だったけど、若かったし、居心地も悪くなかったから15年くらい勤めたんですが、リーマンショックで倒産しました。大学を出てから30数年経ちますけど、ずっと非正規を続けてるんです。今も母がいて家があるからやって来れましたけど、この先どうなるのかと思うと不安になります。でも、聞きたいのは僕のことじゃないんです。学生時代の友だちで同じように非正規を続けてるのがいるんだけど、二人で出会うと僕らは使い捨てにされたんだって話すんですよ。いわゆるロストジェネレーションです。この歳になってキャリアもないし、貯金もないし、結婚もしなかった。もう50を過ぎてるから夢があるわけでもなくて、自分の人生を振り返ってこれでよかったのかって思います」

「僕も同世代ですよ。大学が文科系だったので事務職を目指したんだけど、数十社回ってもすべて落ちてしまって町工場の現場で働きました。幸い正社員で採用してくれたんで今もそこにいるけど」と修一郎が言った。

「同世代でも正社員で頑張ってる人は多いし、出世してる人もいる。自己責任と言われればそれまでなんだけど、一度列車に乗り損なったら次の列車には乗せてもらえなかった。僕らは後になって守られた者と見捨てられた者がいたと気づいた。企業は社員の雇用を守って、新卒者を切り捨てたんです。窓際族と言われても救われた人がたくさんいたはずです。でも大学を出たばかりの学生には厳しかった。門前払いでしたからね。あの時代、何年も新卒者を採用しない会社があったし、非正規雇用が拡大されて社会に定着しました。日本の社会はこんなやり方をするんだと思った。日本にはロストジェネレーションが２０００万人いると言われるけど、それが半分としてももの凄い数ですよ。僕らの境遇を知った人は時代が悪かったと言って同情してくれるけど、そうじゃないですよ。僕らも辛い人生を送ったけど、日本が成長のチャンスを失って、ダメな国になったってことですよ」

「なるほど、そうかもしれない。君たちが活躍するチャンスを奪ってしまったってことだ」と剛太が言った。

「GDPも競争力も落ちて、円安も進んで、失われた30年とか、日本の凋落とか言われてます。ロストジェネレーションがもっと働いて、稼いでいたらこんな落ち目にはならなかったんじゃないですか？僕らは他の世代に比べたら所得は低いし、貯蓄はないし、スキルもない。だから消費もできないし、夢を持てない人も多い。時給千円余りの仕事しか期待されてなかった。僕らが他の世代と比べて出来が悪いなんてことないでしょう。もう50代半ばになるけど、本当は30年以上企業の戦力として貢献できたと思う。僕らロストジェネレーションが日本凋落の陰の主役ですよ。企業は非正規雇用で厳しい時代を乗り切ったとか、低賃金のお陰で利益を上げたと考えてるだろうけど、その代償がこの凋落なんですよ。僕らは次代を託された若手人材じゃなくて、タコの足だったんです。タコはエサがなくなると、自分の足を食べて飢えを凌ぐらしい。タコの足は再生するけど、人間は再生のチャンスを与えられなかった。こういうことを政治家の人はどう考えてるんだろうって、忘れてるんじゃないかと思います」

「考えてないわけじゃない」

「そうでしょうか？僕らは大学を出た後、社会に捨てられたと思ったけど、日本は今でも同じことを繰り返してます。去年まで勤めてた職場にシングルマザーで中学生と小学生の二人の子どもを抱えてる女性がいました。収入が低いからダブルワークで帰りも遅いらしい。毎日の生活に必死ですよ。病気でもしたらたちまち生活に行き詰まる。僕は話を聞くだけで最後まで彼女に言えなかったことがあった。彼女はとてもいい人だけど、子どもの教育まで行き届いていない。中学生の息子が夜遅くまで遊びにいって帰らないと心配してたんですが、たぶん近いうちに何か問題を起こすと思う。否、もう起こしたかもしれない。この時代、子どもの犯罪とか、虐待とか、ひきこもりとか多いけど、異常だと思いませんか?まだ僕らの時代の方がまともに学校へ行ってた。本当は彼女に注意したいんだけど、彼女自身必死に生きていて、何をしろと言われてもどうしようもないんだと思う。30年前と同じでそんな子どもたちを社会が見捨ててるとしか僕には思えない。第二のロストジェネレーションですよ。日本の社会は恵まれた人には光が当たるけど、反対に何の責任もない子どもたちを犠牲にしたまま見過ごしてる」

「なるほど、君の言うとおりだ」

「言い出したら切りがない。少子化だってどんどん進んでるけど、いずれ日本から子どもがいなくなりますよ。財政赤字だって世界で突出してるのにお金を垂れ流したまま、未来の子どもに借金を押し付けてる。僕の母親は秋田県の山奥の出身なんですけど、親戚が亡くなったので帰ったら、バスはなくなってるし、限界集落になってるし、まともに葬式も挙げられなかった。GDPも競争力も落ちて、世界で一人負けって言われてますよ。大企業は莫大な内部留保を抱えてるのに、賃金はぜんぜん上がらない。大企業の賃金は上がってるけど、平均賃金が上がらないのは、一般人が下がってるってことでしょう。日本はいつからこんな国になったんですか？これって政治家の責任じゃないんですか？」

「政治が責任を持つべきだ」

「世の中を変えるとすれば、政治家じゃないんですか？たまに国会中継を見るけど、まるで芝居ですよ。いろんな役者が出てきて丁々発止やってるけど、テレビ中継が終わると、面白い芝居ができてよかった、ご苦労さんって言い合ってるんじゃないかと思う。でも、総理大臣は日本で一番権限を持ってるんだから、決断すればいいんですよ。困ってる人や苦しんでる人を助けたいと思うなら、その権限を行使すべきでしょう。結局、政治家は財界や金持ちにしか顔を向けないんだと思う」

「そうじゃないと思う。多くの政治家は世の中を良くしたい、弱い人を助けたいって考えてるよ。でも世の中を変えようとすれば、大きな力と覚悟が必要なんだ」

「そうでしょうか？人材派遣を規制緩和して世の中が大きく変わったけど、その時、国会は大もめしたんですか？簡単に変わったんじゃないかと思いますけどね」

剛太も言葉に窮した。

その男が言葉を続けた。「僕はね、投票には行くんですよ。いままで棄権したことはありません。

でも日本に民主主義があって、僕の一票が活かされたと思ったことがない。むしろ国民の権利なんだから投票に行けと言われて、これが民主主義だと教えられて、建前づくりに利用されただけだと思う。政治家も官僚も評論家も頭がいい人たちだと思います。そのいい頭を自分のためには使うけど、人のために使ってない。マスコミも偉そうなことを言ってるけど、結局はスポンサーでしょう。金のある人に気を遣ってる」

「僕も3年余り政権にいたから、もっと考えるべきだった。就職氷河期と言われた時は無理でも、経済が上向いた時に正社員への道を開く必要があった。先を見る力がなかったために非正規雇用が社会に定着してしまった。政治がその場しのぎの政策を重ねてきたからだと思う。自己責任とか、自由競争とか言って弱い立場の人に大きな重荷を背負わせた」と剛太が言った。

「僕は年明けから職場を変えたんですよ。アルバイトです。マイクロプラスチックって知ってるでしょう?大学と共同でマイクロプラスチックの除去を研究してる小さな会社です。金がないから最賃すれすれのバイトなんだけど、僕らはどこへ行ってもまともな金を稼げないからせめて夢を見たいと思ったんです。プラスチックゴミが世界の海を汚染して、魚の体内に取り込まれて人間にも害を及ぼすと言われてる。肥料にもプラスチックが使われていて農家はそれを田んぼに撒いてる。みんな関心がないし、今は人体に影響が出てないかもしれないけど、血液中に入り込むと言われてる。ある臨界点を超えたらどんな障害が起こるかわからない。僕はただ会社から指示されて、海でプラスチックゴミや海水を回収したり、砂浜を掘ったり、時給１２００円の仕事だけど、こっちは夢がある。仕事をしていてはじめてそんな気持ちになりました」

「そうですか。僕も手伝いたいくらいだ。ぜひ成功してほしいですね」

「そう思ってます。僕自身のことはいくら愚痴っても世の中は何も変わらないし、期待してるわけでもない。でも今はちょっとした夢があるから毎朝、元気に出社できるんですよ。ロストジェネレーションの話は政治家の人が聞いたら、どんな反応するだろうって思ったんです。自己責任だって言われたらもっと言い返したと思う。あなたはそうじゃなかったけど、世間はみんな自己責任だと考えてますよ。みんな自分より下に人がいるって安心してる。政治がこんな日本にしてしまったんです。今日は突然、勝手なことを言って申し訳なかったけど、少しすっきりしました」

「いや、何の力にもなれなくて申し訳ない」と剛太が言った。

彼は席を立ち、剛太に会釈をして店を出て行った。彼の余韻が残って二人は無言のまましばらく酒を飲んでいた。

「今の人はよく来るんですか？」と修一郎がオヤジに尋ねた。

「たぶん、初めてのお客さんだと思います」

「さっきの話は心に残りましたね。剛さんもやられてた。僕は彼と同じ世代だから、同じ人生を送ってたかもしれない」

「あの当時、政治家や評論家は自由な働き方だとか、雇用の多様化だとか、これが世界の潮流だと言ってましたね」とオヤジが言った。

「無責任な言葉で雇用を切り捨てた。水は低きに流れ、人は易きに流れると言うんだ。社会を維持するための最低限の基盤さえ持ち合わせていなかった。企業の株価とか、利益とか、そんなものに目を向けてた。それで経済や企業が伸びたのかと言えば、今、彼が言ったとおりだ。最も安易な方法で企業は利益を出したから、技術開発も企業の立て直しも怠って、競争力を失ったまま30年以上低迷が続く国になった」と剛太が言った。

「庶民も薄っぺらな生活に慣れてしまって、心身ともに疲れ果ててる。日本の没落だけど、まだみんな危機感さえない。でも10年もしたらこの船が沈没しつつあるって騒ぎ出すような気がする」と修一郎が言った。

「犠牲は非正規や弱者に押し付けられてる。政治家や上流階級は恵まれてるから意識が乏しいし、反省もしてない。まだ経済大国だと信じてるし、アジア唯一のG7である日本が没落するはずないと思ってる。都合の悪いことは認めようとしない。目先のことに精一杯で、危機意識も大局観もないんだ」

2027年7月　変わらない日本

二人でMOMOに出かけたが、その夜はオヤジの姿がなかった。いつものように焼酎とビール、そして洋風おでんを注文した。

「オヤジさんはどうしたんだい?」とカウンターの息子に尋ねた。

「今日は出かけてます。帰りは遅くなると思います」

「お店の調子はどうですか?」

二人がオヤジと親しくしているためか、息子と話をする機会がなかった。

「開店からまだ3か月だからわかりませんよ。若いお客さんは増えてきたけど」

「儲かってる?」

「まだまだですよ。親父は教員の退職金があったし、隣のアパート収入があるから趣味でおでん屋をやってた。僕は儲けないと食べていけませんからね」と自嘲気味に笑った。

「店のつくりも雰囲気もガラッと変わりましたね」

「親父は公務員だったから、商売する気がないって言うのか、仕入れの領収証だってその辺に丸めておいてあるし、売上だってメモしかない」

「洋風バルって言うのはどういう意味ですか？」

「バルは酒場って意味ですよ。年配の人は酒が好きで飲むことが目的だからおでん屋でいいけど、若い人は雰囲気や交流が目的だからそんな店づくりをしないといけない。改装には金を掛けられなかったけど、グラスや食器には拘りがあるし、音楽も時間帯で変えてます」

「ももたろうは飾りっ気がなかったけど、オヤジさんはロマンチストだし、面白い人だよ。俺に歴史を教えてくれた」

「歴史？教師だったからね」

「オヤジさんの近代史とか、日本人論を聞くのが楽しみなんだ」

「僕は全然興味がない。明治の話とか、戦争の話とか聞かされたことがあるけど、関係ないでしょう。生きてる時代が違うから」

息子はカウンターを離れ、奥のテーブル席にいた二人連れの女性客としばらく楽し気に話をしていた。

「オヤジさんとは考え方が違いますね」

「これも時代だよ。若いけど、結構シビアな感じだ」

カウンターに戻ってきた息子が言った。「僕は流行りや先端を追ってるんですよ。若者が何を求めてるのか知らないと若いお客さんと会話ができない。時間があればずっとネットで情報収集してます。親父は真心が大切だって言うんですけど、それを聞くと親父はいい時代に育ったんだなって思う。僕は音楽でも、スポーツでも、新商品でも情報を集めて、お客さんに提供するんですよ。お客さんはそんなわずかな会話でも楽しみにしてくれる。ももたろうは店としては狭いけど、カウンターが使えるから譲ってもらったんです」

「若いお客さんを相手に会話するんですか？」

「もちろん人によるけど、話し相手を求めてる人は多い。今の若者は疲れてるし、心が満たされてない。僕はお客さんがこの店にいて、わずか2時間でも心を満たせるかどうかだと思ってます。そんなお客さんが増えれば店は繁盛しますよ」

次の週にＭＯＭＯへ行くと、オヤジがカウンターでにこやかに迎えてくれた。

「この前来た時、啓介さんがオヤジさんとは商売のやり方が違うって言ってましたよ」

「時代が違うから仕方ないですよ。ももたろうの馴染みのお客さんが来てくれる間は以前の雰囲気も残さないとね。ももたろうって名前も継いでくれと頼んだけど、折衷案でＭＯＭＯになったんですよ」

「親子でそれぞれ味があっていいじゃないですか」

「息子は息子なりに今の時代を見てるんですよ。でもね、店を譲ろうとした時、真剣に悩んだことがありました。日本ほど豊かな文化をもつ国はないと思うけど、親が自分の人生や生き様を通して息子に自信をもって伝えられるものがあるのかって考えたんです。修さんだったら何を伝えますか？」

「えっ？難しいですね。日本の文化って言ったら、茶道とか、華道とか、書道とかたくさんあるけど、そういう話じゃないですよね」

「すぐに思いつかないでしょう。生き方っていうか、信条ですけど、なかなか言えないんですよ。宗教があればそれが支柱になるんだろうけど」

「日本人には生きる指針みたいなものがないからな」

「また歴史の話をしますけど、時代とともに変わっていくんですよ。明治の若者は西洋化、近代化だと教えられたんだろうし、昭和初期はお国のために命を捧げる軍国少年が育てられた。戦後はわき目も振らず真面目に働くことが求められた」

「どう生きるかなんて親や教師でも教えられない。子どもたちがせめて本でも読めばいいけど、スマホやゲームばかりしてる。宗教がないし、武士道も消えた。今の時代は伝えられるものがないな」

と剛太が言った。

オヤジがカウンターの中で椅子に腰をかけて話し始めた。「僕は近代以降、時代が日本人を作ってきたと思ってます。時代とともに繁栄を謳歌したけど、自己喪失もしてしまう。日本の近代史は本当に面白いし、また悲劇的です。江戸時代は260年も封建社会の下で鎖国が続くんだけど、当時の幕府は海外からの接触を無視し続けました。ところが4槽の黒船に威嚇されて、不平等条約を結ぶと、危機感を持った地方の下級武士が討幕して明治維新を起こします。革命的な変革ですが、いわゆる西洋の市民革命ではなくて、それこそ徳川家も存続してる。顔は変わっても本質が変わったとは言えない。明治の人々は近代化した西洋を猛烈に吸収して、西洋式のやり方を身につけて逆に海外侵攻をはじめるんです。周辺国を植民地化して、日清、日露の戦争にも勝利しました。西欧文化が伝わってくると、民衆という意識が生まれて、大正デモクラシーの時代を迎えます。普選運動や言論の自由や男女平等が芽を出して、自由主義的な時代が続くんです。ところが昭和初期に世界恐慌が起こると、国内が激動して軍国主義に洗脳されたように国家も国民も一つに結束します。戦線を途轍もなく拡大した挙句、アメリカに宣戦布告して、完膚なきまでにやられてしまう。無条件降伏するとマッカーサーにひれ伏して、すぐに戦前を脱ぎ捨てるんです。国民は焦土の中から懸命に働き続けて、わずか20年で世界を凌駕する経済大国を創り上げてしまう。日本人は勤勉で、粘り強くて、優秀ですよ。島国で、単一民族で、しかもムラ社会で生きてきたから、一億人が同じ方向を向いて結束した。もし日本人が固定的な理念とか、宗教とか持っていたら、こんな意識の転換はなかったたし、浮き沈みのある歴史を辿らなかったと思います。時代の変化にアメーバみたいに柔軟に適応したんですけど、本質は変わってないんです。この柔軟性は他の民族には絶対見られない」

「昭和初期は分からないことが多過ぎる。優秀な民族がなぜあんな無謀な戦争に突き進んだのか。まるで鎖国の時代に戻ったように自国が頂点に立って、他国を排除できると考えたんじゃないか？冷静な分析や判断があったら、国際社会ともっと上手く付き合っただろうし、戦争だって国力に応じた戦い方をしたと思う」と剛太が言った。

「そうですよ。やはり日本人の特異性なんですが、そのことをしっかり考えないと何度も同じ失敗を繰り返してしまう。明治以降、次々に戦争に勝って、教育勅語と国家神道で強い国家基盤を建設するんですけど、排他的になって神の国になって八紘一宇を掲げる。海外との交流も情報も乏しくて唯我独尊でした。当時の陸軍の武器なんか、欧米に比べたら貧弱で時代遅れでとても戦えるものじゃなかった。作戦らしい作戦もないままやみくもに突進していくんです。しかも北方から南方まで際限なく戦線を拡大しました。アリューシャン列島から樺太、満州、中国、そして東南アジア全域、さらにニューギニアまで、いわゆる大東亜共栄圏です。日本の国力で広大に広がった戦線を戦うことなんか不可能です。何がそこまでさせたのか、どんな目的があったのか、とても理解できません。当時も官僚は情報を持っていたと言われるけど、政策決定に活かされてない。政治が機能していないし、大本営も不可解な決定を止められない。政策や作戦決定に明確な目的や合理的な判断の形跡がないし、議論も見当たらない。メディアも大衆もブレーキどころか、戦争を煽ってしまったんです」

「今の日本にもそんな空気があるんじゃないですか？政治も官僚も軌道修正できないし、メディアはお上に迎合してるし、国民は何も考えてない。陰で文句は言っても行動しない」と修一郎が言った。

「だから戦争に突入すると、制御できなくなるんです。大本営発表に喝采して、一億国民が猛進する。挙句の果てに戦場で人間を弾薬や兵器にするような作戦が行われる。神風特攻隊や戦場で繰返された玉砕戦術です。軍は士気高揚のために武士道を持ち出した。でも、特攻と切腹とまったく違います。インパールでもノモンハンでも指揮官の功名心や精神論だけの稚拙な作戦で何万という兵士が犬死しました。実は僕の祖父はガダルカナルで戦死したんですけどね」

「俺が理解できないのは、誰に戦争責任があったのか、問われてないことだ。３１０万人もの日本人が犠牲になったのに曖昧にしてる。日本中の都市が空襲で焼け野原になったけど、日本人はあれが自然災害だったとでも思い違いしてるんじゃないか？為政者の致命的な判断ミスだし、議会も官僚も止められなかった。俺は日本人自身がそれらを総括しなければならないと思ってる。極東裁判を違法だと言う人がいるが、だったら国内でどう裁いたんだ。おまけに仕組まれた戦争でやむを得なかったとか言ってる。ケジメがつけられないから、次の世代にも脚色されて伝わっていく。だから日本人は失敗を繰り返すんだ」と剛太が言った。

「メディアも大きな責任があります。戦前、大手新聞が煽ったんです。軍国主義に異議を唱えたのは地方紙のわずかな記者でした。他の新聞は挙って鬼畜米英とか、欲しがりません、勝つまでは、と訴えて国民を戦争に駆り立てた。ところが、敗戦を迎えてマッカーサーが来ると、軍国主義を喧伝してた記者が途端に民主主義を歩むべきだと記事を書いてます。１８０度転向しても、何の反省も悔恨も見られない」

「今も権力に忖度してるジャーナリストがたくさんいますよ。当時と少しも変わってない。自分の頭や心で書いてるんじゃなくて、流れに流されてるだけだし、自らに対する反省がない」と修一郎が言った。

「こういうことは日本人の特異性なんですが、融通無碍というか、変わり身が早いというか。日本人はムラ気質だから、その場の空気にすぐに染まる。合理性とか、理念とか、議論がないし、気が付いても口にしない。だから他人が見ても本質が何なのかわからない。でも偽ってるとか、嘘をついてるというより、自然に順応してる。宗教や武士道が身についていたら、簡単に改宗なんかできないでしょう。ところがね、日本でも江戸時代に隠れキリシタンが数百人も殉教しました。宗教を禁じられて、拷問に耐えて最後には火あぶりになった。武士も名誉を貫いて腹を切った。でも普通の日本人はそんな信念も覚悟も持ってない」

「そうですね。今の政治家を見ていても、戦争は過去のことだから関係ないって顔してる。あんな戦争を経験したのにそれをベースに持ってない。もちろん直接的な責任はないし、賠償しろと言ってるわけでもない。でも国家が始めた戦争で多くの国民が命を落とし、他国へ侵略した。今の政治家だってあの戦争をどう思うのか、歴史や日本人の思考を深く考えるべきですよ。それを考えない人が政治家を志すこと自体、日本人らしいと言えるけど、政治家としての資質はないでしょう」

「日本人は絶対的な善悪や思考基準をもってない。頭が良くて弁の立つ人ほど自分の頭で考えてる。自分にとって都合がいいか悪いかで判断してる。どんなに明晰な頭脳を持っていても、歴史が積み重ねた知恵や万人が共有する合理的判断には敵わない。だから日本は同じ失敗を繰り返すんだ。でもね、日本人は情に左右されるし、柔軟さがあるけど、ある面では長所なのかもしれない。立場が変わると相手を許したり、仲良くなったりできる。過去の怨念や遺恨でさえ忘れることができる。昔、村八分があったけど、葬式と火事だけは付き合うが、外国だったらすぐに処刑だよ。外国人は敵を徹底的に殲滅するし、虐殺できる。中東では異教徒に対して殺戮を繰り返してる。欧米も原爆を落としたり、アウシュビッツをやってきた。日本人はそこまでできないと俺は思う」

「なるほど、日本人は苦しみや悲しみを乗り越えた時、相手を許すことができるってことかもしれませんね」

「俺はね、今になってだけど、安田元総理に思うことがある。安田さんが戦後レジームの転換と言ったじゃないか。俺には復古主義にしか見えなかったけど、日本にとって歴史的なターニングポイントになり得たような気がする。安田さんは日本では最長で、世界でも名の知れた総理だった。ひょっとしたら日本の将来や世界を変えられたかもしれない」

「外交に力を入れてましたよね」

「安田さんが外交に力を入れたのはよかったけど、成果がなかったですよね。トランプであれ、プーチンであれ、個人的な友情を強調したし、習近平とも会談したけど、したたかな相手じゃないですか。国益のぶつかり合いと初対面の個人的な友情なんて釣り合わないってすごく違和感がありました。安田さんなりにアプローチしたんでしょうけど、日本的な温情や人間関係は通用しませんよね」

とオヤジが言った。

「そういうことじゃないんだ。俺は安田さんの人を食ったような国会答弁を思い出すと、あれを世界に向ければよかったと思ってる。もちろん、戦前回帰じゃなくてね。戦後70数年も経ったアメリカとの従属関係を断ち切ればよかった。アメリカを出し抜いて堂々と次代の世界の姿を主張すればよかった。米中の覇権主義なんか否定したらよかった。日本人的な人間性と感性に基づいて、これまでの政治家が絶対に言えなかったことを厚かましく言えばよかったんだ。それこそ戦後レジームの転換だよ」と剛太が言った。

「安田さんはたしかに世界を俯瞰する外交だと言ってましたね」

「この時代になっても米中が覇権争いをしてるし、世界各地で戦争や対立が収まらない。地球環境の悪化や食料不足、エネルギーの枯渇が混乱に拍車をかけてる。人類はいつも戦争や略奪や飢餓の恐怖に怯えてる。覇権国と言われるアメリカも国内に分断を抱えて世界のリーダー国になり得てない。結束していたＥＵも極右政党が台頭して混乱の淵にある。途上国から大量の難民が欧米に流入して自国主義が台頭してるからだ。こんなことを許してたら第三次世界大戦になってしまう。弱肉強食の新自由主義を否定して、共存共栄の地球の実現を主張したらいい。日本にしかできない」

「剛さんが安田さんに望むなんてやけくそにも聞こえるけど、インバウンドが増えてるのは世界が日本の文化や人間性を賞賛してる証拠ですよね。自分たちと違うものを認めて、魅力を感じてる。アメリカに追従する日本よりもよほど注目を浴びて世界に訴える力になるかもしれない」

「イギリスが七つの海に乗り出して大英帝国を作った頃は地球の大半は未開の地だったし、１００年前も途方もなく広かったはずだ。今の地球は行こうと思えば、すぐに飛んでいける。イギリスの首相はインド系のスナクだし、アメリカのオバマ大統領はアフリカ系黒人だった。地球なんてもうちっぽけなものじゃないか」

「でも、日本じゃ名古屋入管でウィシュマさんが犠牲になるし、ヘイトスピーチが絶えない。これじゃダメですよ。日本人の恥だ」

「すぐに世界を変えられなくても、日本が変わるきっかけになるかもしれない。歴史を学んで日本人の思考と感性を自覚したら、生き方も未来も変えることができる」

２０２８年３月　首都直下型地震

２０２８年の新春を穏やかな陽ざしの下で迎えた。

総理は全国民に呼びかけるとして年頭会見を行った。今日、わが国はもとより全人類が未曽有の危機に瀕している。地球温暖化による異常気象とそれに伴う食糧危機だ。さらにわが国は急速な少子化と高齢化に直面している。これら喫緊の課題を克服しなければ、子どもたちに自然あふれる地球と希望ある未来を引き継ぐことはできない。政府として全身全霊を尽くす決意だが、国民一人一人の問題でもあり、皆様の理解と協力が不可欠だと訴えた。

国民の生命と暮らしを守るための政策としてはじめに挙げたのは、農水産物の増産と食料の安定供給だ。一昨年の食料危機による混乱を回避するため、コメをはじめ品目毎の食料増産計画が掲げられた。気候変動の影響を軽減するために野菜工場の建設や陸上における水産物の養殖が呼びかけられ、強力な財政支援を講じるとした。

二つ目の地球温暖化対策ではCO２の排出削減に向けた政府目標を前倒しするとした。自動車のEV化やトラック輸送から鉄道輸送への転換、環境技術の開発、さらに24時間営業の規制などを挙げた。一方石炭火力発電を廃止し、原子力発電所の新規建設と既存設備の稼働延長を図ると表明した。

三つ目には国民の安全と国家の尊厳を守る要として日米安保体制の連携強化と軍事力の増強を掲げた。合わせて憲法改正に向けた意気込みを語った。

1月下旬から国会で予算審議が始まったが、政治家の不祥事が次々と明るみになり、予算委員会はまるで政治家糾弾の場となっている。二人の大臣が差別発言によって辞任し、四人の副大臣や政務官が収賄や政治資金の不正処理が発覚して更迭された。ワイドショーは連日、スキャンダルを追い、総理は弁明に明け暮れた。

3月21日10時43分頃、東京湾北部を震源とするマグニチュード7・3の首都直下型地震が発生した。東京区部や横浜の一部では震度7の激震を観測した。

政府は直ちに災害緊急事態を布告し、緊急災害対策本部を設置して国家総動員体制で被災地の救援と復旧体制に臨んだ。各行政機関はもとより電力やガス、石油など公共インフラを担う指定機関に対して協力要請がなされた。

東京都では都知事を本部長とする災害対策本部が招集された。全職員による支援体制の下で救急救命活動や被災者支援に当たる。自衛隊に対して災害派遣が要請された。

甚大な被害は東京東部、山手線外側から環状八号線の一帯、中央線、京浜東北線、東武伊勢崎線の各沿線、さらに川崎市、横浜市など東京湾沿岸部に集中した。

激震のために数多くのビルや家屋が倒壊したが、とりわけ耐震基準強化以前の建築物に激しい損傷が見られた。2500か所で火災が発生し、道路の寸断や消火栓給水の停止によって消火活動は停滞した。1000か所余りで延焼し、木造住宅密集地では大火となって2日にわたって燃え広がった。発災の翌日以降も電気再開に伴って多くの通電火災が発生した。

新幹線は早期地震検知警戒システムによって数秒早く非常停止したものの脱線を免れることはできず、死傷者が発生した。山手線や京浜東北線をはじめ各所で軌道の損傷や電柱の倒壊によって電車が脱線転覆した。地下鉄でも電車が緊急停車し、電源喪失のために数多くの乗客が地下トンネル内で大パニックに陥った。首都高速道路では高架の倒壊によって多くの車両が落下したり、多重事故による自動車火災が発生して大混乱となった。

荒川の護岸が一部崩落し、東京東部の江東区、江戸川区、墨田区、葛飾区などゼロメートル地帯で大規模な浸水被害が発生した。沖積低地は地盤が脆弱で揺れが大きく、家屋の倒壊や火災、さらに水害が重なり、多くの高齢者が取り残されて犠牲者が増加した。大量の水が地下鉄軌道を通じて地震発生の数時間後には東京駅地下街にも達した。東京湾岸の埋立地や人工島では広域で液状化現象が発生し、建築物や道路に甚大な被害を与えた。

数多くの人が倒壊した建物の下敷きになり、2万人以上の人がエレベーター内に閉じ込められた。人命救出は72時間がリミットとされたが、救出活動は1週間以上にわたって行われた。

深刻だったのは日中、都心部に密集する一千数百万人の群衆だ。オフィス街や繁華街には夜間の数倍ものサラリーマンや買い物客が滞在しているが、地震発生とともにビルや地下街から多くの人々が一斉に地上をめざした。駅の階段や地下街の至る所で群衆雪崩が発生し、圧迫死による犠牲者は3千人にも上った。都心の高層ビル群は地震による損傷は軽微だったが、高周波振動による負傷者が続出した。帰宅困難者は700万人とも言われ、翌日まで周辺の住宅地への人波が続いた。

横須賀と横田の米軍基地でも被害が発生した。第七艦隊の司令部は横須賀基地を母港とするブルーリッジの艦上に置かれているが、緊急事態に備えてシンガポールや釜山からも艦船が関東の沿岸海域へ出動した。

この地震による犠牲者は2万人超、負傷者は10万人に上ると言われ、とりわけ高齢者の犠牲が際立った。家屋の全壊全焼は5万5千棟を上回った。建物などの直接的な被害は45兆円、経済への間接的な被害は50兆円を超えると推計された。

午後には総理がテレビやインターネットを通じて直接国民に呼びかけた。「政治・経済・行政の中枢が集中し、3650万人が暮らす首都圏が未曽有の巨大地震に襲われた。わが国が存亡の危機に立たされている。政府、東京都をはじめとする関係機関が全力で被災地の救援に当たっている。日本は有史以来、国民の英知と結束によって幾多の大災害や戦乱を克服してきた。今回の災害も多くの犠牲を生むと想定されるが、被災地のみならず全国民が力を結集すれば、苦しみと悲しみを乗り越えて必ずや再生、再興を果たせるはずだ。生命と日本国を守るためにともに頑張ろう」

さらに経済や社会の混乱を最小限に抑えるために大規模な財政措置と事業者などに対する経済支援を早急に実行する。日銀と連携して大胆な金融緩和を行うと発表した。

2028年3月　長期にわたる避難所生活

修一郎は夢と現の狭間から突然、体育館の雑踏に引き戻された。地震発生から一夜が過ぎ、2日目の朝を迎えていた。

体育館の床に腰を下ろしていた修一郎の眼前を人々が駆け出していった。食事の配給だと直感して、すぐに立ち上がり、その後に続いた。地震発生以降、食べ物はおろか、一滴の水も口にしていなかった。

列にはたくさんの男や女、子どもが並んだ。係の男性から手渡されたのはおにぎり1つとペットボトル入りのミネラルウォーターだった。しっかり握りしめて体育館の玄関に戻り、立ったままおにぎりを口に入れた。

配給を求める人の列は長く、太くなって続いていた。そして突然、誰かが怒鳴り声を発した。列が崩れ、係員を取り巻き、怒号はしばらく止まなかった。おにぎりがなくなったに違いないと修一郎は思った。

体育館は大勢の避難者で立錐の余地もなく混雑していた。母親は幼い子を抱きかかえ、家族で身を寄せ合っている。高齢者は蹲り、あるいは体を横たえ、固まっていた。グラウンドにはテントが並んでいるが、昨日よりも数が増えている。遺体が増えたのだと修一郎は思った。家族や友人の遺体を確認しているのか、一棟一棟テントを回る人たちがいる。厳しい形相の人、無表情の人、涙を流している人、しばらくその一人一人を目で追っていた。

修一郎は体育館を出て、自宅の有様を見届けることにした。その後、妻がいる小学校へ向かうつもりだった。歩いて2時間余りでたどり着ける距離だ。

正門を出ると、東の空には黒煙が雲のように長くたなびいていた。多摩川対岸の世田谷の住宅街だ。密集した木造住宅がまだ燃えているのだと思った。

小学校から自宅の方角へ向かった。顔なじみのクリーニング店もパン屋もウインドウが割れ、店内に人影はなく、机や陳列棚が横倒しになっていた。高津駅を抜けて通い慣れた道を住宅街へ入っていった。

先へ進むと、焼き尽くされた一帯が広がり、そこかしこから白煙が立ち上っていた。鉄筋の建物は煤だらけのコンクリート壁を残して空洞の残骸を晒している。辺りを焼け焦げた匂いと熱気が充満していた。路地を頼りに家を探したが、一面瓦礫しか見当たらない。見覚えのある小さな門柱が目に留まり、自分の家だったことに気づいたが、黒焦げの数本の柱を残して家屋は跡形もなかった。同時に全身の力が抜けていく感覚に襲われた。

焼けた地面は炭のように黒かった。電化製品や流し台は変わり果てた姿を晒し、わずかに生活の痕跡を残していた。手で触れるとまだ熱をもっている。修一郎はしばらく家族との思い出の品を探した。

しばらく留まっていたが、居たたまれない気持ちに襲われ、その場を離れて妻がいる避難所へ向かった。昨日よりも体がひどく重く感じられた。

府中街道を南東の方角に歩き始めた。コンビニの看板が見え、無意識に足を止めたが、すぐに様子が違うことに気づいた。この店も略奪に遭っている。扉は開いたままで陳列棚に商品は何一つなく、人の気配もなかった。

しばらく歩くと、四階建てのビルが横倒しになり、車道を塞いでいた。車が下敷きになり、それを数名の男たちが取り巻いている。近くでは5〜6名の自衛隊員が倒壊した家屋で行方不明者を捜索している。修一郎は3時間以上も傷つき混乱する街を歩き続けた。

避難所の小学校に着いたのは午後3時を過ぎていた。妻は教室に収容された高齢者に寄り添っていた。

「美佐子、大丈夫か？無事で本当によかった」

「私は大丈夫。みんなケガがなくてよかった。昨夜はここの3階で休んだの。あなたも泊まれる。この避難所を市の職員が管理してるけど、私も仕事があるの」

「家が全焼した。何も残ってなかった」

「ええ。ラインをもらった時はしばらく放心状態だったわ。でもたくさんの人が家を無くしたんでしょうから諦めないとね。紀夫も元気だし、家はまた建て直したらいいいじゃない」

「そうだな。頑張らないといけない」

夜になって妻とゆっくり話ができた。妻と顔を合わせていなかったのは、わずかな時間のはずだが、その間に語り尽くせないほどの経験と思いがあった。

この避難所では千人以上の避難者を収容しているという。周辺地域は停電と断水状態にあり、家の食料が尽きれば、さらに増える可能性があるらしい。電気の復旧まで1週間、水道は2～3週間と見込まれている。それまでトイレを使用できないことが最大の課題だと言った。食事の配給は不足しているが、あと数日で数量が増え、いろいろな支援物資も入ってくるという。避難所は市職員のほか数人のボランティアで運営されているとのことだった。

震災から3日目の朝を迎えた。

修一郎は会社のことが気になっていたが、社長にメールすると、昼には工場へ行くと返信があった。妻に自転車を借りてもらい、会社へ向かった。六郷橋は通行不能と聞いていたので、遠回りをして多摩川大橋を渡った。道路の啓開作業が進められていたが、自動車の通行は特定車両に制限されていた。公共交通機関はまだ全線で運転が止まっている。

発災当日は都心から周辺部の自宅をめざす被災者の列が延々と続いていたが、今は反対に都心へ向かう人の数が増えていた。大きなリックサックを背負っているが、都心の被災者に物資を届けるのだろう。広大な首都圏のどこまでこんな光景が続いているのかと修一郎は思った。

昼過ぎに工場にたどり着いた。工場は外壁が一部崩れ、窓ガラスは割れていたが、火災を免れて大きな損傷はなかった。事務室に入ると、社長が一人で書類を整理していた。

「社長、ケガはありませんでしたか？」

「僕は大丈夫だ。君も無事でよかった」

「ご自宅は？」

「古い家だから。全壊は免れたけど、住める状態じゃない」

「うちは全焼でした。跡形もなくやられました」

「そうか、残念だったな。今、どこにいるんだ？」

「妻が川崎の公民館に勤めてたんですけど、避難所の管理の仕事があって、僕もそこにいます。昨夜も妻と一緒に小学校で寝ました。当分避難所生活です。息子も無事でした。勤めてた飲食店が無事だったので、そこで寝泊まりしてるらしい」

二人で社屋を見て回った。重さ5トンの工作機械が横倒しになり、倉庫でも重量ラックが倒壊して資材が散乱していた。

「大きな怪我人がでなくてよかった」

「そうですね」

「これを復旧して工場を再開させるのにどれくらい時間がかかると思う？」と社長が修一郎に尋ねた。

「インフラが復旧して、工場内の整理だけなら2～3週間でしょうけど、設備の点検や修理は簡単にはできない。たくさんの工場が同時に被害を受けてるから設備メーカーが対応してくれないでしょう。それに従業員が揃うかどうか」

「取引先がうちの復旧を待ってくれる保証はない。うちは震源に近いじゃないか。無傷の同業者も多いだろうから、そっちへ転注するんじゃないかと思う。それに再開までの資金を確保しないといけない」

「特別融資や支援策はあるだろうけど」

「コロナの時もそうだったけど、返済が始まると資金繰りがもたない。売上が増えるわけじゃないからね」

「二重債務になりますね」

「残念だけど操業再開できるとは思えない。ここが潮時じゃないかと思う」と社長がつぶやくように言った。

修一郎はすぐに返答ができなかった。

「仮に無理して再開に漕ぎつけても、僕も歳だし、息子はやる気がない。業況も厳しくなるから金をかけて復旧してもこの先何年やれるだろう。どんなに頑張っても5年か、10年までだ。ここで断念するしかないと思う」と社長が言った。

「工場は残ったけど。たしかにそうかもしれませんね」と修一郎は言った。自分が大学を卒業し、就職難の時代に入社した会社だった。現場で切削の仕事を覚え、工場長まで35年余り勤めた。その職場を失うことになる。すぐに受け入れられたわけではないが、社長の判断は間違っていないと思われた。

「君には迷惑をかけるけど、廃業まで手伝ってもらえないか？」

「承知しました。長くお世話になりましたから、最後までやらせていただきます」

工場を出た後、ＭＯＭＯへ向かった。建物は残っていたが、扉は閉ざされていた。剛太が住んでいたアパートも外観に大きな損傷はなかったが、少し傾いているようにも見えた。

震災から４日目の朝を迎えた。

修一郎は美佐子に促されて避難所のボランティアを引き受けることにした。毎朝スタッフによる打ち合わせがあるというので、その日初めて参加した。市の職員がリーダーとなり、ほかに小学校の教師、自治会の役員、周辺住民の有志らがいた。リーダーは山本という40歳過ぎの男性だった。

冒頭でリーダーが新しいメンバーだとして修一郎を紹介した。

「１時間ほどしたら、食事の配給のトラックが到着します。おにぎりとバナナとペットボトルのお茶ということです。数量が足らないかもしれません。先におにぎりを配り、無くなったらバナナを配って下さい。午後には日用品が少し届くようです。一旦小学校の会議室に運んで中身を確認した上で必要な人に配りたいと思います」と山本が説明した。

「配給というとみな殺気立つ。最後は奪い合いみたいになって怖い」

「できるだけメンバー全員で配りましょう」

「外部の人も来るから数が読めないし、家族が何人いるとか言われると断れないし」

「そうですね。徐々に数量が増えると言われてますが、よろしくお願いします。次にトイレの問題です。簡易トイレがまだ来ませんし、携帯トイレも足りません。水道の復旧がいつになるかわかりませんので、急場のトイレを準備します。食事の配給が終わったら取り掛かります。校庭の隅に穴を掘って、テントで囲います。道具は用意してますが、人手がかかると思いますので協力をお願いします。それと避難所生活が長くなるでしょうから、体調を崩す人が増えると思います。特に年配の方には声がけをお願いします」と山本が言った。「そしてもう一つ重要な連絡があります。市からの情報ですが、SNSが炎上してます。川崎市の避難所で韓国人に優先して食事や日用品が配布されて、日本人に行き渡ってないと拡散してるみたいです。どこの避難所か特定されていませんが、どこでもそんなことは絶対にないし、流言飛語には十分注意して下さい。韓国人が火を点けたとか、女性を強姦したとか、そんな書き込みもあるらしいです」

「ここにも在日韓国人がいますよね」

「います。今のところトラブルは聞いてませんが、外から抗議に押しかける人たちがいるかもしれません。その時はすぐに警察に連絡します。関東大震災の時はデマが流れて韓国人や中国人が何百人も虐殺された事件がありました。おかしな情報で避難者の方が動揺したり、喧嘩になるかもしれません。もし変な話を聞いたらすぐに教えて下さい」

午後、5人でトイレの穴を掘っていると、山本がやってきた。作業の手を止めて、山本を囲んで話を聞いた。避難所周辺で留守宅や店舗への空き巣が多発しているという情報だった。警察も警戒を強化するが、協力要請があったという。スタッフ3人が一組になって夜警団を編成したいとのことだった。

修一郎はその夜、自治会役員と小学校教師の3人で避難所周辺を見回ることになった。停電のために街に灯りはなく、それぞれの懐中電灯だけが頼りだ。光と音を失った不気味な街に足音だけが響いた。

「東日本大震災の時、被災地では強奪もなく、配給も整然と並んでいると言われた。海外で素晴らしいと称賛されてた。都会ではそうはいかないんですね」と修一郎が言った。

「時代が変わりましたよ。体裁なんか構っちゃいられないって人が増えた。私ら自身も被災者でしょう。ボランティアで頑張ってるのに私らに言いたい放題不満をぶつける人がいる」と自治会役員の初老の男が言った。

「割り切らないとこっちの心が折れますよ」と小学校の教師が言った。

「山本さんは言わなかったけど、避難所の中でも何か事件があったらしい。警察に相談したらしいけど」

1時間ほど周辺を回り、避難所に戻った。修一郎にとってボランティア初日の活動が終わったが、心身ともに疲れ切った。

5日目、雨の朝を迎えた。

朝から避難所に数名のボランティアが現れた。遠方から応援のために集まった人たちでこれまでも災害避難所や被災現場で活動してきたという。昼食の配給を整然と行い、日用雑貨のトラック便が到着すると、彼らが指揮をとり、バケツリレーで手際よく体育館に運び込んだ。給水車による給水にも迅速に対応していた。みな経験豊富で機敏に行動し、被災者の扱いにも慣れていた。

一方、リーダーの山本が懸念していた外国人に対する誹謗中傷は現実になった。小学校のフェンスにビラが張り付けられていて、ボランティアが数枚を持ち帰った。「韓国人に食事の配給をするな！避難所から出て行け！祖国へ帰れ！」というものだった。

避難所の周辺を見回って、誹謗中傷ビラを撤去して欲しいという指示を受けた。二人一組で小学校周辺を回り、街頭で30数枚、校舎内でも10枚のビラを見つけた。

「避難所に在日韓国人やほかの外国人もいますが、怖がってます。嫌がらせやヘイトスピーチがあるかもしれません。ビラのことは警察に通報しました。何かあっても無理をしないでまず身の安全を確保して下さい」

「校舎内ってことは避難者の中に犯人がいるんじゃないですか？」

「そうかもしれません。暴行や事件につながらないようにしないといけない。外部ボランティアが配給とか、被災者の世話とか、うまくやってくれてますから、地元ボランティアの皆さんは治安の維持に注力して下さい」

震災から6日目を迎えた。

食事や支援物資は不足なく届けられるようになり、外部ボランティアの活躍のお陰で避難所内は比較的順調に運営されるようになった。

リーダーの山本が呼んでいるというので事務所へ行くと、美佐子がソファで横になっていた。

「具合が悪そうなので、休んでもらってます。休みがないし、精神的に参ってるみたいだから寝かせてあげて下さい」と山本が言った。

修一郎は妻の体を起こし、3階へ連れて上がった。

「大したことないけど、よろけてしまって」

「顔色がよくないから今日は休んだほうがいい」

「有難う。体力的にはまだやれると思うけど、精神的に辛い。数人なんだけど、日に日に身勝手なことをいい始める。協力して下さいって頼んでも自分のことばかりで回りの人を攻めたりする。助け合いの精神なんか、ぜんぜんないんだから」

「お年寄りが多いから、気を遣うよね。ずっと緊張が続いてるから、力を抜かないと身体も心ももたないよ」

「ストレスが溜まってるから、お年寄り同士で喧嘩を始めたりする。ショックからなのか変なことを言う人もいるし、もう手に負えない。仕事中は夢中になってるけど、ふと家が全焼したことを思い出して、何もかも投げ出したくなる」そう言って妻が涙を流した。

「今日は一日休むと山本さんに言ってくる。慣れない仕事をよく頑張ってるよ。身体を休めた方がいい」

修一郎は妻を優しく抱いた。

道路は啓開が進み、車両の通行が可能となっていた。電気や水道が少しずつ復旧したため、自宅の損傷が軽微な人は家へ戻りはじめた。避難所から仕事に向かう人もおり、人員は少しずつ減っていった。

小学校では4月7日に始業式、10日には入学式が行われた。授業再開のために教室や職員室を徐々に明け渡していった。新入生は1つの教室に集まって窮屈な入学式をやっていた。校長は地震のために多くの人が大変な思いをしています。同級生の皆さんと力を合わせ、助け合いながら学校生活を送りましょう。避難者の皆さんが大勢いらっしゃいますから、仲良く過ごして下さいと挨拶した。もっとも登校した児童数は当初予定されていた人数の7割ほどに留まったという。まだ多くの被災者が体育館や不使用の教室を占領していた。

4月15日から仮設住宅の申し込みが始まり、受付窓口には長蛇の列ができた。

2028年4月　震災復興を急げど

発災直後から被災地に向けて数知れぬ救援活動が展開された。全国の自治体や警察、消防、医療関係者、インフラ事業者、さらに自衛隊が動員され、首都圏へ向かう幹線道路は応援車両で数珠つなぎになった。30を超える国や地域、国際機関から支援の申し出があり、大型輸送機でレスキュー隊が次々と派遣され、緊急物資が届けられた。東日本大震災時と同様にアメリカ軍はトモダチ作戦を実施し、数多くの兵士が救援や物資搬送を行った。

被災現場では昼夜を分かたぬ懸命の救命救急活動が続けられ、多くの人が瓦礫の下や浸水家屋から運び出された。大混乱の中で膨大な食料と水、物資が人々の下に届けられた。政府も連日、テレビやインターネットを通じて国民に訴え続けている。関係機関の献身的な協力と国民の団結によって多くの生命が守られ、最悪の事態を乗り越えつつある。首都が未曽有の被害を受けたが、国際機関とも緊密に連携しており、国家機能や金融、財政に支障が及ぶものではないと強調した。

しかし、時間の経過とともに復旧の困難さ、深刻さが明らかになった。それは日本の3分の1もの人口が集中する首都圏の超過密地帯が過酷なダメージを受けたことに他ならない。しかも被災者の4人に1人が高齢者なのである。東京東部のゼロメートル地帯の浸水は自然排水が困難であり、ポンプによるくみ上げが行われているが、2週間以上も水没した状態が続いている。木造住宅密集地の大火は2日にわたって延焼し、広域を焼き尽くしたためにインフラ復旧には長期間を要した。JR線や地下鉄、私鉄各線、さらに首都高速道路の損傷は随所に及び、復旧工事の遅れとともに経済活動再開の足を引っ張っている。

震災の衝撃は被災地のみならず全国に及んだ。東京湾岸に立地する多くの石油コンビナート施設が損傷し、各地へのエネルギー供給が滞っている。首都圏貿易を担う東京港や横浜港、川崎港の荷役施設にも甚大な被害が発生し、長期にわたる輸出入の停滞は避けられない。京浜、京葉の工業地帯には大手企業の工場が集結しているが、サプライチェーンの寸断によって全国すべての製造業に影響があるとされている。工場建屋の損傷もさることながら電子機器の被害が膨大であるため、業界団体も復旧にどれほどの期間を要するのか、予想できないと発表した。

ショッキングな報道も流れた。15万世帯の母子・父子家庭を含め、親を失った孤児が千人を超えると言われたが、1か月が経過してもその全容は明らかになっていない。

各国政府や国際機関は震災被害に対して支援の手を差し伸べているが、同時に経済、金融、財政の悪化を注目していた。東京証券取引所は地震発生とともに取引を中止し、一週間後に再開したが、暴落が止まらず、再度取引を中断した。為替相場も再開後一気に円が売られ、1ドル230円まで円安が進行した。ＩＭＦは日本の金融不安や財政逼迫が世界経済の重大なリスクに繋がりかねないとして、発災直後に政府に対して支援の打診や勧告を行ったと伝えられた。

政府は異例の早さで震災対応を発表した。地震発生は2028年度予算の成立直前だったが、5日後に自然成立した。政府は即座に震災復興のための補正予算編成に着手した。復興予算として10年間に47兆円が必要になるとし、第1次補正予算として20兆円を投じると決定した。必要に応じて追加の復興支援策を講じるが、財政、経済にわたって万全の体制をとるとした。さらに日銀とも連携し、大規模な金融緩和を進め、市場の安定化を図ると強調した。株式や債権市場が下落する中で日銀は莫大な国債や債権を買い支えた。

修一郎は会社の宮崎班長と事務の大西に連絡を取り、会社の廃業を伝えて残務整理の協力を求めた。3人で従業員への通知や給与と退職金の支払いを済ませた。書類や備品は災害廃棄物として処分し、取引先との契約解除や機械設備の売却などを行ったが、6月の末まで時間を要した。工場建屋の処分は常務が担当するという。

修一郎はがらんどうになった建屋を確認し、正門の扉を閉めた。自分の半生をかけた職場であり、長年にわたる思いが去来した。震災で廃業し、近く取り壊されてマンションに姿を変えるのかと思うと、胸に迫るものがあった。

工場からの帰り道、ＭＯＭＯに向かった。地震の影響は見られず、いつも通りの姿に戻っていた。扉を開けると、オヤジがカウンター席に座っていた。

「オヤジさん、久しぶりだ。どうしてました？」と言って隣の席に腰かけた。

「修さん。あの日、避難所で出会ったきりですよね。よく来てくれました。でもまだ営業再開まではいかないんですよ」

「顔を見れてよかった。前のように飲みたいから、開店を待ってますよ」

「酒だけならありますよ。飲みますか？」

「一杯下さい」

オヤジは一升瓶の酒をコップに注いだ。

「うちは運が良かった。焼けた店もたくさんあります。幸いこの辺りは火災を免れましたからね。店は鉄筋で助かったけど、隣のアパートは半壊で住める状態じゃない」

「僕の家は全焼したんですよ」

「そうですか、そりゃ気の毒でしたね」

「妻と長男にケガはなかったし、諦めないといけない。でも工場は廃業したんです。今日、正門の扉に施錠してきました。復旧まで大変な苦労だし、一時的に再開しても先の見通しが立ちませんからね」

「そうですか、残念ですね。この地震で多くの人の人生が変わった。この店もどうするか迷ったんですけど、息子が改装した直後だったからやめるにやめられませんでした」

「そうですよ。地震で失ったものはたくさんあるけど、すべてが変わるわけじゃない。ＭＯＭＯが頑張ってくれてたら励みになりますよ」

「有難うございます。東京も相当変わるんでしょうね」

「都心の高層ビルやタワマンは無傷で残ってるけど、あちこち焼け野原になってるし、この辺りの町工場は相当潰れると思いますよ」

「修さんは今どこにいるの？」

「まだ家内と川崎の避難所にいます。小学校で寝泊まりしてます。仮設住宅の応募があるから、当たったら仕事をしたいと思ってます。開店の日が決まったら教えて下さい。必ず来ますよ。頑張って下さい」

「有難うございます。ぜひ来てもらって剛さんの弔いをしましょう」

そう約束をして、修一郎は店を出た。

街では復旧工事が活発に行われ、経済活動が再開し始めていた。小学校の子どもたちにも歓声が戻りつつある。インフラの復旧によって自宅に戻ったり、親戚の下に身を寄せた人が増え、避難所の収容者は当初の4分の1程度になっていた。

日中、子どもは学校へ行き、大人も外出するために避難所には高齢者だけが取り残された。要介護者でありながら介護サービスを受けられない人がいる。市に介護士の派遣を要請しているが、人材不足のために避難所の負担となっていた。

そんなある日、救急車が小学校の校庭に入ってきた。救急隊員が素早く体育館に駆け込み、老人をストレッチャーに乗せて救急車に運び入れた。美佐子と同僚の職員がその後を追ってきた。修一郎もあわててそばに走り寄った。

「大桑さんが突然、倒れたの。意識がなかった」と美佐子が言った。

興奮が冷めず、美佐子は同僚と二人で話を続けた。「高齢の人はもう限界だわ。みんな元気がないし、食欲も落ちてる。顔色も悪くなってる」

「生活環境が変わって、緊張が続いてる。保健師から脳梗塞や急性心不全が増えるから注意して下さいって言われてた」

そして、その1週間後にも高齢者が病院に担ぎ込まれた。美佐子は震災直後から高齢者の世話をしてきたが、いら立って毎晩のように愚痴をこぼした。

「避難所生活が3か月になるけど、高齢者に避難所の暮らしは無理よ。施設に入れないし、介護士を要請するけど、人手不足で来てくれない。私たちでは面倒見れないわ」

「弱いところにしわ寄せがくる」

「いろいろ話を聞いてあげるんだけど、一人一人事情が全部違う。要介護の人がいるし、身寄りのない人もいる。家の片づけにも行けないし、全壊してる人もいる。本人はもの凄く追い詰められてるけど、どうしていいのか、わからないのよ。大桑さんは脳梗塞だったらしいけど、病院で亡くなったわ。まだまだ犠牲者が出る」

「災害関連死がもう3000人になってるとニュースでやってた」

「親族が引き取ってくれたらいいけど、応じてくれる人は少ないらしい。こんなところに取り残されて本当に可哀そうだ」

「高齢者は避難者じゃなくて、地震難民になってる。長期化するよ。ここだけでもたくさんいるのに首都圏では大勢の難民が取り残されることになる」

「無責任な言い方しないでよ」

2028年7月　武士道の美意識と死生観

修一郎はMOMOの開店から1週間後に店を訪ねた。

「ここへ来たら剛さんが死んだことをしみじみ思い出す。いつも二人で飲んでましたからね。今日は弔いのつもりで来たんで一緒にやりましょうよ」

「そうですよね。今日はお客さんも少ないし、僕も付き合いますよ」

店はボトルやグラスの数が減って、小ざっぱりしていたが、以前の雰囲気を残していた。剛太がカウンター席に腰かけているように思えてならない。剛太の席にもグラスを置き、ビールを注いだ。

「剛さん、有難う」そう言って二人でグラスを合わせた。

「剛さんのことをよく思い出す。隣に住んでたから週に3日は来てましたよ。剛さんは時々、武士道の話をしてた。剛さんを武士の生き残りだと思ってたけど、自分もそれを意識してたと思う。気難しいことを言ってたけど、気持ちは優しかった。金に対する欲なんかぜんぜんなかったからね」

「拘りがあって、自分の考えを変えない人でしたね」

「修さんは聞いてないと思いますけど、会社からもらった給料の半分を剛さんの元秘書の奥さんに渡してたんです。剛さんが選挙に落選して、次を目指して活動してた時、元秘書が26歳の若さで突然死したらしい。毎朝、毎晩、剛さんに付き合って駅に立ったり、戸別訪問してた。朝、駅に来ないんで不審に思ったら、寝床で死んでたんです。しかも子どもが2歳になったばかりだった。剛さんは次の選挙に出るのをやめて、手持ちの活動資金を退職金だと言って、奥さんに渡したんです。奥さんは一人で子どもを育ててるけど、それ以降も生活費を助けてたんですよ」

「そんなこと一言も言わなかった」

「剛さんは若い秘書が自分のために死んだと思ってた。責任感があったし、弱い者への情が深かったからね。武士道の惻隠の情というやつですよ」

「僕も何度も武士道の話を聞きました」

「剛さんは武士の生き方に憧れてたんですよ。新渡戸稲造が日本人の道徳意識の基礎に武士道があると書いてます。新渡戸が留学した時、外国人から日本人は宗教を持たないのに、どうやって道徳を身に着けるのかと聞かれて、武士道だと気づくんです。武士は戦士だし、戦(いくさ)で戦う役割だけど、武士道が道徳の基礎を成してたんですよ」

「武士は潔く戦って死ぬってイメージですよね。戦国時代を連想するから、道徳と言われてもピンと来ない」

「武士道は戦(いくさ)で死ぬことを求められたんじゃなくて、死ぬ覚悟を持って武士の生き方を全うすることを教えられたんです。武士は子どもの頃から武道と精神を鍛錬して、厳しい戒律と教えを叩き込まれた。武士として生きる美学と死生観が身に付いていた。名誉とか、主君への忠誠を守るために死も厭わなかったんです。新渡戸は明治の人だけど、その頃すでに武士道が廃れつつある、復活は無理だと嘆いてます。それほど厳しい生き方なんです。ましてや現代人でそんな生き方をしてる人がいるでしょうか。規範や美学なんかなくて、金銭欲とか、出世欲とか、快楽とか、せいぜい家族への情や責任感が思考や行動の基準になってる。度を超さなかったらそれが当たり前で非難されることもない。赤穂浪士は武士の本分を貫いたから当時、町民が絶賛しました。喧嘩両成敗と言われた時代に主君の浅野内匠頭だけが切腹を申し付けられて、浅野家も取り潰された。赤穂藩の47人の侍は武士の名誉を貫いて、討ち入りを果たして腹を切った。そんな生き方が僕らの心を揺さぶるんですよ」

「日本は切腹をする野蛮な国だって、海外で紹介されたと聞いたことがある」

「たしかにそんな記述もあったと思いますが、腹を切るという死に方じゃないんです。明治にやってきた外国人が実際に切腹を見て世界に紹介してます。礼儀正しく心を鎮めて切腹する武士の姿に感銘を受けてる。命を賭けて武士の生き方を示してるんです。名誉を汚してまで生きることを求めなかった。こんな生き方って凄いと思いませんか？これが日本の道徳と言われた所以なんです」

「なるほど、剛さんはそういう生き方に憧れたんだ」

「僕は明治以降、武士道精神が失せて、日本が混迷の歴史を繰り返したと思ってます。精神的支柱のない為政者が権力を握って、金の魅力を知って、地位や功名を求めました。ましてや日本人は島国で、ムラ社会で生きてきたから、理念や合理性よりも家族的な情や感性でものごとを判断すると言われてます。近代の為政者が武士道を身に着けていたら、歴史が変わっていたと僕は思います。日本は国力も精神性も堕落してしまったと言えるけど、もう一度武士道精神を思い起こさなければならないと思います」

「厳しい話ですね。まだまだ日本の混迷が続くような気がする」

「震災に見舞われて日本は混とんとしてるじゃないですか。でも壊れた建物や街はいずれ復旧しますよ。日本は少子化とか、人口減少とか、地方の疲弊とか、財政赤字とか、経済の低迷とか、嫌というほど難題を抱えて凋落してるけど、地震のせいじゃないし、災害復旧じゃ直せない。今の日本に未来がないと思えるのは、日本人自身が積み上げてきたものが原因だからですよ。僕みたいな凡人には無理だけど、政治家を志す人間こそ武士道精神を取り戻してもらいたい。武士道は日本の風土と歴史の中で生まれたものですからね。武士道を読み直すだけだって何かのきっかけになるでしょう」

2028年9月　失速する国家

5回目の抽選で仮設住宅が当り、修一郎夫婦は9月に避難所を出ることができた。仮設住宅は4畳半二間と台所という狭いものだが、毎日風呂に入れたし、夫婦二人で気兼ねなく身体を休めることができた。早く定職に就きたかったので、入居が決まるとすぐに都内のタクシー会社で二種免許取得の準備をはじめていた。

入居を知らせると、久しぶりに長男の紀夫がやってきた。紀夫は震災後、住み込みで千葉市内の災害復旧工事に従事していたが、建設現場にいるためか、陽に焼けてがっちりした体格になっていた。

「元気そうじゃないか」

「元気にやってる。仕事は体力的にキツイけどね」

「復興していけば、いい仕事も見つかるよ」

「友だちからマレーシアに来ないかって誘われてる。復旧現場の仕事で少し金が溜まったから向こうへ行ってもなんとかなる。結構いい仕事があるらしい。日本では復興関連しかないからね」

「マレーシアで一体、何をやるんだ？」

「まだ決めてないけど、日本人を求めてるらしい」

「わざわざマレーシアへ行かなくてもいい仕事があるんじゃないか？」

「東南アジアはものすごく活気があっておもしろいと言ってた。日本から大勢出て行ってる。日本はもうすぐ追い越されるよ」

結局、紀夫はその翌月、マレーシアへ旅立った。

修一郎は都内をエリアとしてタクシー乗務を始めた。

震災から半年、経済活動は戻りつつあるが、被災地は大きな傷跡を残していた。倒壊したビルや焼け跡の瓦礫撤去は進んでいたが、至る所に空き地が点在している。

公共交通機関はほぼ復旧していたが、首都高速道路は老朽区間の建て替えを必要としたため、一部で長期間の通行止めが続いている。一般道路は工事によって通行が制限されたり、ダンプカーに占領されたり、都内各所で日常的に大渋滞が発生している。

都心部の数知れぬビルや公共施設で復旧工事が行われている。建設業者が全国から集結しているとはいえ、建設技術者や労務者の不足から工事は停滞した。建築資材の不足や価格高騰のために工事の中断を余儀なくされる現場も多発した。

大火災の跡地や超過密地域では都が主導して区画整理や再開発計画が構想されているが、土地権利の交錯や所有者の高齢化によって話し合いにさえ入れず、復興の足かせとなった。多くの老朽化マンションが重大な損傷のために居住困難な状態にあるが、所有者の合意形成に至らず、修理工事に取り掛かれないケースが頻発した。民家の場合は家主が所在不明であったり、高齢家庭で再建意欲がないために傷んだままの住宅が数多く放置された。再建を希望しても建築業者の不足で工事の目途が立たなかったり、円安の進行で資材が高騰したために着工に至る人は限られていた。都心部では再建が進まない不動産物件に対して大規模開発をもくろむディベロッパーが悪質不動産屋を使って地上げさせ、暴行や恐喝事件が発生していた。都内での住宅再建を諦めて地方へ移住する人も多いと言われ、人口は2~3割減少すると予想された。

一方で震災前に都市再開発を終えた区域やタワーマンションが林立する地域は被害が軽微であり、活気を取り戻している。銀座や赤坂などの繁華街もいち早く復興を遂げたが、目立つのは中国語の看板と中国人の多さだった。都心部でも震災を忘れさせるような地域と復旧の目途が絶たない地域がまだら模様を呈している。一部ではゴーストタウン化やゴーストマンション化が進み、首都圏の再生には20年を要すると言われた。

タクシーの窓越しに見る変化は街の風景だけでなく、人々の働き方や暮らしを映し出した。錦糸町や鶯谷、高田馬場、目黒などの駅に仕事のない日本人男性が朝早くからたむろするようになった。毎朝、日雇い労務者をバスが迎え、都内各所の工事現場へ送っていく。若者や女性も含まれていた。

昼になるとオフィス街のあちこちに日本人の長い行列ができる。ランチを提供する飲食店が減ったこともあるが、軽ワゴン車で販売されるワンコイン弁当を買い求めていた。

タクシー会社には中国人からのチャーター依頼が多く、修一郎もそうした客を乗せることがあった。朝、帝国ホテルで出迎え、サンダル履きの若い中国人を乗せて都心部を走り回る。オフィスビルやタワーマンションを丹念に見た後、携帯電話で盛んにやり取りしている。不動産業者だと思われたが、最後は銀座や赤坂の夜の街へ送った。

修一郎を指名する社長がいた。「今の運転手は年寄りばかりで長距離は心配だ」と言った。彼は30代の若い社長だが、外国人相手に首都圏のタワーマンションや別荘地を仲介する仕事をしている。

その日は中国人の初老の夫婦を羽田空港で出迎え、軽井沢から佐久高原、さらに清里の別荘地を一泊の予定で回った。彼は客の中国人と流ちょうな中国語を話しているが、時折修一郎に日本語で相槌を求めた。

「別荘で日本人を一人雇うより、夫婦で雇った方が真面目で安心できると言ったんだけど、そうだよな。女に家事をやらせて、男には運転させたらいい」

「お金持ちなんですね」

「そうだよ。日本の金持ちとはけた違いだ。こういう人と付き合いができたら、とことんサービスして信頼を得るのがコツなんだ。日本にいる限り仕事が入るからね」

その中国人は軽井沢を気に入って購入すると言ったらしい。羽田空港で見送った後、社長を渋谷のオフィスへ送った。

「中国はいろいろあるかもしれないけど、個人は別だよ。あの夫婦の子どもは3人ともアメリカに留学して中国で会社をやってる。自分たちは会社を譲って日本で隠居生活をするらしい。息子は日本へ投資する計画があるって言うし、関係を作りたいんだ」

「東京でも中国語の看板が増えましたよね」

「軽井沢でも、清里でも高級別荘地を日本人が手放してるから中国人が買ってる。北海道や九州も増えてるよ。中国人は金を持ってるから、いいと思ったらとことん投資する。観光地でホテルのいい物件があったら息子にやらせたいと言ってた。中国に助けてもらわないと日本はダメだよ」

「日本中乗っ取られるみたいですね」

「地方は過疎化してるから喜んでるよ。中国の金持ちにもっと日本を紹介したい。反対に日本企業は海外へ工場を移してるし、日本人も職を求めてる。情けないけど、ゴースト国家だよ。日本人が難民になってるよ」

「僕らの年代はジャパンアズナンバーワンと言われた時代を知ってるから、なんでこんなになったのかと思います」

「国だとか、政治だとか言う時代じゃない。中国にだって貧乏人は山ほどいる。アメリカはミサイルや戦闘機を日本に買わせるけど、中国はお金を持ってくるからね。金儲けのネタが転がってるからそれを掴むかどうかだ。僕は金持ちしか相手にしない主義だ」

彼はタクシーを降り際に「来月も別の客を案内するから頼みますね」と言った。

天気のよい日にタクシーで小学校や公共施設の脇を通ると、高齢者が連れ立って散歩する姿を見かける。各所の避難所は役割を終えつつあったが、行き場のない高齢者の滞在が長期化していると言われた。

多くの老人福祉施設は建物の損壊や人材不足のために高齢者の受入れを制限していた。高齢者のみの世帯は自宅再建のハードルは高く、多少の蓄えがあっても借家の賃貸借契約を結ぶことが難しかった。高齢者の孤独死やひきこもりの餓死がニュースになったが、次第に報道されることもなくなった。高齢化と格差は深刻化し、社会の断絶を作り出していたが、弱者にとっては生命の危険を伴うものであった。

震災の2028年が暮れ、新しい年を迎えた。

首都直下型地震は死者行方不明者が2万人を超え、戦後最悪の災害となった。日本は過去100年ほどの間に何度か巨大地震を経験したが、105年前に同地域を襲った関東大震災は死者10万5千人、その9割以上が焼死によるものだった。東日本大震災は1万8千人を超える死者行方不明者のうち1万5千人が津波による溺死だった。さらに阪神淡路大震災は死亡者が6500人だが、7割が建物倒壊による圧迫死だった。今回の地震では焼死、圧迫死も多かったが、群衆雪崩や関連死の多さが際立ち、被災地の過密さと巨大さによるものだと言っていい。超過密と過疎という国土づくりの課題が改めて浮き彫りになった。

政府は震災直後に復興予算を47兆円と見込み、昨年のうちに3度の補正予算を成立させ、惜しげもなく資金を注ぎ込んだ。首都圏の中枢部や公共交通機関、空港、港湾をはじめ国の威信をかけた復旧事業にはめざましいものがあった。建設労働者が慢性的に不足しているが、高齢者の現場復帰や全国から人材をかき集めて事業が進められた。海外のメディアは早期に立ち直る首都圏の状況とともに高齢の建設作業者に触れ、一億総結集による復旧復興として称賛した。

復興財源については20年にわたる増税案を立案し、秋の臨時国会で成立させた。所得税額の上乗せによって26兆円、法人税の上乗せで12兆円、その他の財源をねん出して賄うとしている。

しかし、中枢部の復旧とは裏腹に震災を経て日本社会は明らかに変質していた。円安が定着し、200円を突破している。株価は日経平均8000円まで値を下げた。建築資材などの輸入超過と国内生産の落ち込みによって経常収支は大幅な赤字となり、GDPは減少している。莫大な復興予算によって財政赤字は1400兆円を超えていた。輸入品価格は高騰し、震災直後から若干落ち着いたもののインフレ率は10％に達している。建設資材はもとより、食料品や日用雑貨、エネルギー価格の値上がりは庶民生活と中小企業の経営を崖っぷちまで追い詰めていた。

日銀はマイナス金利政策を実施し、経済の下支えを図っているが、製造業は経済のけん引力を失っている。コロナ後、急回復したインバウンドは震災の影響で2割程度に落ち込んだ。電力供給にも黄色信号が灯っている。再生可能エネルギーの比率が低く、福島原発の事故以降、原発稼働率も上がらず、円安によってエネルギーコストが急上昇しているからだ。厳寒期には計画停電の措置がとられ、経済と復旧事業の足を引っ張っている。

東アジアにおける金融と経済の拠点はシンガポールへの移転が加速している。コロナ発生前後、中国から首都圏に拠点を移した海外事業所が再び日本を脱出したからだ。また、日本企業の中に東京本社を支社に格下げし、東南アジアに移転させるところが現れた。主要市場が東南アジアやインドであり、市場ニーズに的確に対応するためだと公表している。

かつての経済大国の面影は崩れた。都心の高級ホテルや高層ビルが次々と中国資本に買収された。中堅企業の中にも経営権が中国に移ったところが現れ、優秀なエンジニアは日本企業を諦めて海外企業への流出が進んでいる。２０２９年３月の大学新卒者の中にもアジアへ就職先を求める者が増えているとメディアは報じた。富裕層は国内の資産を処分し、老後を海外で過ごす人が増加している。今後の日本では円安の加速や財政再建のための増税、社会保障の低下、さらに介護人材の不足が目に見えているからだ。

2029年6月　主権喪失

国会論戦は盛り上がりがないまま2029年度予算が成立したが、総額は99・5兆円に圧縮された。復興経費が盛り込まれた一方で、概算要求では防衛費など一部を除いて10%のマイナスシーリングが行われた。財政破綻を危惧するIMFからの強い勧告があったとされる。

高齢化の進展で自然増が見込まれた社会保障費は大きく減額された。地方交付税や文教科学振興費も軒並み削減され、地方の公共事業は緊急事案を除いて当面執行停止となった。消費税増税をめざす動きが財務省や経済界の一部にみられたが、復興や経済への打撃が懸念され、先送りされた。厳しい歳出削減のために内閣支持率は14%に落ち込んだ。

予算成立の2か月後、荻野総理が総辞職を宣言した。全く予想もされておらず、与党内でも大きな驚きをもって受け止められた。厳しい予算編成はアメリカからの強い要請であり、内閣の責任ではないという見方があったからだ。しかも後継総理について従来の派閥の領袖は全く関与できず、自政党と公正党との協議とはいうものの天の声が働いたと囁かれた。今後の政策運営を見据えて調整型の政治家でなく、独断専行型がふさわしいとされたという。人選はわずか数日で決まり、海野次郎幹事長が指名されることとなった。

海野新総理は早速、国民に向けて就任演説を行ったが、困難な情勢を背景に表情には悲壮感があふれ出ていた。震災を乗り越え、厳しい国際社会の中で日本を再建し、子孫に繁栄ある国家を伝えていくために自らは捨て石になる覚悟だと語った。われわれは今、待ったなしの変革が求められている。大変苦しく、辛いものになる可能性があるが、それをやり遂げなければわが国に未来はない。国民の皆様にご理解とご協力をいただくことを切にお願いすると訴えた。

そしてその2か月後、任期をわずかに残して衆議院を解散した。内閣支持率は震災以降、初めて上昇して30％となっていた。投票率は全国平均で42％だったが、首都圏では30％に届かなかった。

選挙結果は自政党が大きく議席を減らし、公正党と合わせても過半数を維持することができなかった。一方民憲党に代わって刷新党が野党第一党に躍進した。海野総理は政治の安定を図るためとして刷新党に連立を求め、三党連立政権が誕生した。

修一郎は2か月に1度、ＭＯＭＯへ行くことにしていた。オヤジと二人で愚痴を言いながら酒を飲むことが唯一の楽しみだった。

「店はどう？」

「ダメですよ。息子は昼に軽ワゴン車に乗って、オフィス街で弁当を販売してます。この辺りは町工場が減りましたからね」

「そうですね。でも、うちは工場を閉鎖してよかったですよ。取引先の工場長が退職するって電話くれたんだけど、メーカーは被災した工場の再建を諦めて、海外に生産を移したところが結構あると言ってた。製造業の拠点はインドや東南アジアへ移ってる。若い労働者が多くて、巨大な消費地ですからね。ＧＤＰが爆発的に伸びて、中国を追い越す勢いですよ」

「前は外国人実習生が自転車でウロウロしてたけど、今は一人も見かけませんよ。円安で誰も来ないらしい。労働力がないから、国内の工場も稼働できない。悪循環ですね」

「実は息子が去年、マレーシアに行ったんです。電機部品の工場でワーカーをやっていて、技術者の資格を取るために頑張ってると言ってた。仕事が増えてるし、従業員もたくさんいて面白いって、メールが来ますよ」

「経済大国と言われた時代は終わりましたね」

店のテレビでは衆議院選挙後に政府が具体的に検討をはじめた制度改革が特集されていた。

海野総理は就任当初から日本の財政赤字はコロナ禍や円安対策、首都直下型地震への対応などで急拡大し、今やＧＤＰの３倍を超えている。日本の永続的な経済成長と震災復興を成し遂げるためには、メリハリのある予算配分と大胆な政策転換が不可欠だと表明していた。これまで手が付けられなかった既得権益や社会システムにも例外なく切り込むという。

ニュースキャスターはこうした政策転換の裏側にアメリカによる強い働きかけがあるとした上で、２０２９年度予算は歳出の大幅な圧縮となったが、次年度以降、社会制度の変革が迫られていると解説した。現在、関係省庁で協議されている主要課題についてクリップボードで示した。

「アメリカから財政健全化を求められてるって話ですよね。メディアははっきり言わないけど、アメリカは今の日本政府に統治能力がないと見なしてる。国防長官や財務長官が訪日したけど、地震見舞いなんかじゃないですよ。安全保障や財政政策で厳しく指導されたんでしょう」

「剛さんは、占領当時はもちろんだけど、バブル崩壊の時代からアメリカに経済や行政システムを変えられたと言ってた。アメリカにしたら日本が財政破綻したり、中国資本に乗っ取られるわけにはいかないでしょう。対岸に中国があって、日本は第一列島線ですからね。頑強な防波堤でないといけないんですよ」

キャスターははじめに医療保険制度を取り上げた。「国民健康保険の適用範囲を見直して、混合診療へ移行するとしています。財政負担の軽減を図るとともに最新の高度医療を受診できるようにします。これは保険適用外となり、民間の医療保険へ加入することになるので、高額な保険料が必要となります。病院についても多様化を図るために企業の病院経営を解禁するとしています。アメリカの医療制度に近いものになると考えられます。これまでいつでも、どこでも、誰でも同じ医療を受診し、自己負担は3割でしたが、この国民皆保険制度に黄色信号が灯ることになります」として、保険診療と混合診療の違いを詳しく説明した。

「アメリカの医療保険が入ってくるんでしょうけど、バカ高い保険料になりますよ。お金持ちと一般庶民が選別されることになる」

「気軽に病院に行けなくなる。アメリカの医療費は目玉が飛び出るほど高い。盲腸の手術で1日入院すると、100万円だって聞いたことがある。財布の中を見てからじゃないと病気にもなれませんね」

キャスターは二つ目に市町村合併が再び協議されているとして、地方都市の人口減少の推移をボードで示した。地方では高齢化率がピークを迎えつつあり、今後急速に人口が減少していくとした。「かつて消滅都市が話題になりましたが、地方の人口減少が想定よりも早く進んでいて自治機能の維持が不可能になります。政府は1700余りの市町村を300程度に統合したいとしています。平成の大合併は地元の意向に沿った形で進められましたが、時間的な制約があり、地元自治体と国が協議機関を作って合併を促進します。これによって東京都よりも面積の大きな町がいくつも誕生しますが、コンパクトシティ化を促進して地方交付税を効率よく活用し、最低限の行政サービスを維持します。さらに教育についても急速な少子化と過疎化を背景に小中学校はもとより、大学についても行政主導で統合が進められます。地方で高等教育を受ける機会が奪われるのではないか、懸念の声も上がっています」と解説した。

「田舎に住むなってことだけど、食料危機の時には耕作放棄地で農業をやれと言ってたじゃないですか。政策の整合性があるんだろうか？」

「水道とか、道路とか老朽化が進んでるけど、とても地方まで改修できないんでしょう。住みたい人は自己責任でやってくれってことですね。地方都市が中国に買い占められて、赤い国旗がなびくかもしれない」

キャスターは最後に安全保障政策を取り上げた。中国の軍事費の伸びをグラフで示すとともに東シナ海から西太平洋へと海洋進出を図り、権益を拡大する様子が地図で示された。さらにミサイル技術の飛躍的な向上やサイバーテロという北朝鮮の脅威が年々高まっている状況を列挙した。「中国はインド太平洋地域でアメリカを上回る海軍力を有しており、これに対峙しなければなりません。軍事費の拡大を極力抑えながら、防衛力強化を図る必要があります。日米の連携強化を図るために国内の米軍基地の増強と日米間の情報共有が不可欠とされています。これまで米軍基地の7割を沖縄に押し付けてきましたが、本土にも展開します。具体的には沖縄駐留米軍の3割を横須賀や佐世保などに振り分け、一部の自衛隊基地をアメリカ空軍と共同使用するというものです。さらにアメリカの核配備の進捗がなかったのですが、政府は国民の生命と財産を守りぬくために抑止力を目的とした核配備を容認するとしています」

「いっそアメリカの51番目の州にしてもらった方がすっきりしますね」

「ダメでしょう。借金が多過ぎる」

「この先、日本がどうなるのか、僕らの世代は仕方がないけど、若い世代が心配だ」

オヤジが突然、思い出したように大きな声を出した。「そう言えばね、先月、田村さんという親子が来たんですよ。母親は40代半ばで、息子は大学に入学したばかりだった。その親子はね、剛さんの亡くなった元秘書の奥さんと子どもだったんです。震災の後、剛さんと連絡が取れなくなって心配してたらしいけど、死んだことを知って住所を探して訪ねてきたんです。店に来てもらって話をしました」

「へー、子どもはもう大学生なんだ」

「剛さんと田村さんは結婚披露宴で初めて出会って、主人が亡くなった時、2度目だったそうだ。剛さんが葬式やら全部取り仕切って、子どもが高校を出るくらいまでは、と言ってずっと送金してたらしい。子どもは自分が大学へ行けたのは剛太さんのお陰ですと話してた。しっかりした青年でしたよ」

「剛さんはやっぱり侍だったね。15～6年にもなりますよ」

「二人は剛さんに本当に感謝してた。母親はもし剛太さんがいなかったら、親子二人がどうなっていたか分からないって涙を流すんだ。こっちも思わずもらい泣きしましたよ。息子はね、自分は父親を早く亡くしたけど、剛太さんが助けてくれた。自分も人助けになる仕事をしたいと言ってた。剛さんもいいことしたと思いました」

「剛さんに聞かせてやりたい話ですね」

「彼はね、この震災でたくさんの子どもが孤児になったから、何か手助けしたいと言うんだ。大学の友だちと相談してるらしい。この国もまだまだ捨てたものじゃないと思った。何かやるんだったら僕も手伝うよって言ったんだ。あんな若者に期待したいですよ」

「久しぶりにいい話を聞いた気がする」

「夕方になったから、ごはんを食べてもらったんですよ。和風のおでんを出したらね、息子が食料危機の時に剛太さんが持ってきてくれたおでんだと言ってくれた。あの時、剛さんが何度もおでんをタッパに入れて持って帰ったんだ。本当に美味しそうに食べてくれた。嬉しくて涙が出ましたよ」

２０３０年１月　老大国日本

震災から1年半年余りが経過し、２０３０年の新しい年を迎えた。

修一郎は今年で60歳になるが、タクシー営業所では若手運転手だった。元旦でも休みを取ることができず、乗務を続けた。三が日の初詣客は平和と安全を祈願する人々でにぎわったが、それ以降の人出はまばらになった。新宿や渋谷も10代や20代の若者は減り、60代や70代の姿が目立ってかつての華やかさはなかった。

２０３０年と言えば、65歳以上の高齢者が全人口の3分の1を占め、生産年齢人口の減少により社会活動に深刻な影響があるとされた年だ。

震災復興のために多くの建設労働者が必要とされたが、いずれの現場も慢性的な人手不足のために工期は大幅に延長された。生産現場やコンビニに勤務していた外国人技能実習生は円安のために激減して、姿を見ることがなくなった。建屋が復旧しても、人材を採用できないために営業を断念する店舗や事業所が相次いだ。省人化や無人化を進める飲食店や小売店が増加し、対面営業を諦めてネット販売への切り替えも進んだ。繁華街の人出が減少し、オフィスの空室増加に続き、中心部でもシャッターを下ろしたままの店舗が見られた。

地方ではより深刻な状況となっていた。商業施設や病院が撤退して、取り残された高齢者が難民化していると伝えられた。全国の空き家率は3割を超え、地域によってはゴーストタウン化が進み、廃屋による環境や治安の悪化が自治体を悩ませた。

不安定な雇用や社会情勢から未婚率の上昇が顕著だった。50歳まで結婚経験を持たない生涯未婚率は男性が三人に一人、女性は四人に一人となった。結婚願望はあるものの生活に余裕がないとか、自分に自信を持てないという理由で結婚に至らない。少子化がますます進展すると警鐘が鳴らされた。

3月になって、修一郎はMOMOに顔を出した。店に入ると、オヤジがいきなり壁の額を指さした。「修さん、これ見て下さい」

そこには新聞記事が貼られ、大学生が設立したNPO法人が紹介されていた。首都直下型地震で孤児となった子どもたちを支援するためのNPOだ。

「新聞記事の顔写真は代表者の田村高志君なんですよ。前に言ったでしょう。剛さんの元秘書の息子ですよ。うちに来てくれた子ですよ」

「へー、震災遺児の支援活動を始めたんだ」

「そうなんです。ネットで大学生を集めて、メンバーは200人にもなってる。自分たちで働いたり、金を集めたりして、震災遺児をバスで自然公園へ連れて行ってる。彼は仲間を増やして子どもたちのお兄さんやお姉さんになる活動をしたいと言ってる。すごいだろう。彼はここで人助けになる仕事をしたいと言ってた。子どもたちが大人になるまで続けると言ってる」

新聞記事の横に募金を呼び掛ける手書きのビラが貼られ、カウンターには募金用のボトルが置かれていた。「オヤジさん、募金の協力してるんですか?」

「そうですよ。大したことはできないけど、せめて金を集めたいと思ってお客さんにも頼んでます。修さんもお願いしますね。剛さんを知ってる人もいるからみんな協力してくれる。有難いことです」

修一郎は財布から千円札を出してボトルに入れた。「オヤジさん、入れときますよ」

「有難うございます。皆さんに協力してもらって、感謝してます」

オヤジは青年と出会った時のことをカウンターの中で何度も何度も話した。まるで孫の成長を喜ぶ祖父のように見えた。

「タクシー勤務はどうですか?街の様子がわかるでしょう」

「復興は進んでるけど、街がどんどん変わってる。都心の一等地は中国に買い占められてるし、企業にも資本が入って社名が変わってる。まるで上海か香港みたいですよ。反対に渋谷や新宿で軍服のアメリカ兵をよく見かけます。沖縄から横田や横須賀に部隊を移してるからでしょうけど、あえて軍服を着てるような気がする。進駐軍が来たみたいだ」

「核配備はやはり沖縄らしいですね。アメリカは日本側から声を上げさせようとしてるけど、いざとなると海野さんも躊躇してるみたいだ。でも年内には決定するようですよ。アメリカに乗っ取られるか、中国に乗っ取られるか、日本列島で超大国が覇権争いしてる」

「アメリカは露骨に影響力を強めてるし、中国マネーがどんどん流入してる。街も人も貧しくなって、自信を失って、社会が荒んでる。僕らの子どもの頃は物もなかったし、贅沢もできなかったけど、伸び伸びしていたし、国が成長してた」

「たしかに今は高齢者と借金だけですからね」

「日本は何度も震災や敗戦から立ち直ったじゃないですか。オヤジさんから日本人の特異性だって教えてもらったけど、こんな時こそ底力を見せないといけないのに」

「僕らは日本の最盛期を経験してるから一番じゃないといけないと思うけど、若い人はよその国と競争するなんて考えてないでしょう。かつての栄光や経済成長を求めても意味はないんじゃないですか？大切なのは日本人らしさっていうか、日本人の心ですよ。これは世界に誇れるものだと信じてます。田村君みたいな青年が次の時代を築いてくれるって期待しましょうよ」とオヤジが言った。

「そうですか？僕はまだ割り切れない。こんな日本に誰がしたんだって悔しくてならない。だってジャパンアズナンバーワンと言われて、こんな小さな国が世界を凌駕したんですから。日本人はその能力を持ってるのに」

「日本人の能力がなくなったわけじゃないでしょう。その時その時、何をしなければいけないのか、わからなくなってる。そういう座標も、道徳規範も見失ってる。でも有能な人は世界へ飛び出して、素晴らしい活躍をするでしょう。日本も大変だけど、世界はもっと大変ですよ。タガが外れたっていうか、断崖絶壁にあるような気がする。日本人の考え方や感性が必ず評価されるし、世界を破滅から救うかもしれない」

「そうであればいいけど、僕らは敗北感を抱えて生きていくような気がする」と言って、修一郎は熱燗を飲み干した。「実はね、東京を離れて父親の故郷へ行こうかと思ってます。父親は東京に出てきて10数年前に死んだけど、叔父がいて農業をやってるんです。地震の時に電話があって、東京は大変だろうからこっちへ来ないかって誘われたんです」

「それはいいじゃないですか」

「その時は考えもしなかったけど、歳をとるとタクシーにも乗れないし、東京にいる必要もない。田舎で百姓するしかないかなって」

「農地があるんだったら、絶対そうすべきですよ」

「地方の疲弊が進んでるって言うからどんな状態なのか、一度行ってこの目で確かめたいと思ってます。親父の故郷は人口が2～3千人の山村だから」

「奥さんは何と言ってるんですか？」

「実は昨日初めて家内に話したんですよ」

「一緒に行ってくれるんですか？」

「いや、家内は雇用延長でまだ市役所に籍があるから、最後まで勤めるつもりなんです。でも将来が不安だから、田舎で農業をやって欲しいって。野菜が値上がりしてるから、送って欲しいって、勝手なことを言ってた」

「賢明な判断ですよ」と言ってオヤジが笑った。

「上京したらぜひ話を聞かせて下さい。僕もいずれ北海道の娘のところに行きたいと思ってます。野菜づくりか、牧場の手伝いでもできたらいいなって」

2030年9月　限界集落化する地方

早く叔父の元へ行くつもりだったが、なかなかふん切りがつかず、結局9月になった。学生時代に父親に連れられて行ったことがある。日本海側の山奥の集落という記憶しか残っていない。

所持品といっても火災ですべてを失い、その後に買い揃えた洋服や靴だけだ。段ボール箱二つを事前に送り、カバン一つで向かった。新大阪駅から特急列車に乗り、城崎温泉駅で下車した。以前はその先もつながっていたらしいが、今は廃線となっている。叔父が駅まで軽トラックで迎えに来ていた。

「修一郎君か、兄さんの葬式以来や。よう帰ってきてくれた」

「40数年ぶりです。お世話になります」

「農業を覚えなあかんぞ」

「第二の人生ですから、挑戦するつもりで頑張ります。よろしくお願いします」

「任せとけ、大丈夫や」と叔父は大きな声で笑った。軽トラはエンジン音を響かせて山道を上って行った。

「家まで時間がかかるんでしょう？運転、大丈夫ですか？」

「30キロちょっとや。どこへ行くのもわしの運転や。自分で運転しやへんだら、生きていかれへん。人口減少がひどくてな。近所に何もない」

村に着くと陽が傾いていた。叔父は一軒の農家で軽トラを止めた。

「この家に住んだらええ。電気が付くし、水道も出る。住めるように準備してある。5年くらい空き家やったけど、大阪にいる家主に承諾を得とる。わしの家はこの上や。お前の父親が生まれ育った家や」

「親父が帰省した時、家族で泊まったことがあります」

「押し入れに布団やら入れてある。今日は休んだらええ。明日から仕事や」と言って、叔父は自分の家に帰って行った。

翌朝、小鳥のさえずりで目を覚ました。雨戸を開けると、小川のせせらぎが聞こえた。眼前に雄大な山々が連なっている。しばらくその山並みに見入った。

家の裏にある石段で叔父の家の庭に上がった。古い農家だが、軒先には大根と玉ねぎ、柿もつるされている。縁側にごぼうとサツマイモが並んでいる。竹籠には山芋と豆が山盛りになっていた。庭にはとりどりの草花が植えられ、つつましい彩を競っている。

しばらくその風景に浸っていると、背後で叔父の声がした。「よう休めたか?」

「おはようございます。ぐっすり寝られました」

「朝めしにしよう。早速やけど、今日、稲刈りなんや。手伝ってくれるか?」

「たくさん野菜が並んでますね」

「ようけは作らん。自分で食べて、近所の年寄りに配るだけや」

朝食後、野良着に着替えて田んぼに出た。叔父は稲刈り機を操り、小さな田んぼの稲を次々と刈り取った。棚田での稲刈りは手間がかかったが、叔父は80過ぎとは思えない素早い手つきで作業を進めた。

「この村には休耕田がようけある。誰も作らんさかい、よい田んぼを選んで稲を植える。来年の春は田植えや」と言った。

当分の間、叔父の家で食事をとり、風呂に入れてもらうことにした。一日叔父の後をついて段差のある田んぼを行き来したが、足腰が痺れるほど疲れた。

翌日は叔父に連れられて集落内へ挨拶回りをした。

「この村に家が30戸ほどあるが、半分は空き家で、朽ちたものもある。人が住んどるのは10数戸やけど大方年寄りの一人暮らしで、子どもはおらん。わしが子どもの頃は50人もおったが、みな出て行ったんや」

各戸を回って声を掛けたが、顔を見せたのは80代の年配者ばかりだった。60歳くらいの男が畑に出ていた。

「ここで一番の若い衆や」と言い、その男に紹介してくれた。「この子はわしの甥や。東京から帰ってきた。農業の見習いやからいろいろ世話になるが、仲良くしてやってくれ」

「こっちこそ」

「山形修一郎です。東京でサラリーマンをやってたので、農業のことはわかりませんが、よろしくお願いします」

その男は丁寧に頭を下げた。

「本当にお年寄りばかりですね」

「若い子はおらん。限界集落や。仕事がないよってな。あと10年もすれば、消滅するかもしれへんな」

「店や病院は遠いんですか？」

「役場も、店も、診療所も車で20～30分やな。出かけるのは診療所くらいで、年寄りの家には週に一度食料品や雑貨を配達してくれる」

叔父は壁のない小屋の前で立ち止まった。「ここは村の舞台や。昔は人形浄瑠璃一座が回って来よった。祭りになると近在からもようけ人が集まって賑やかやったんや」

「豊かだったんですね」

「豊かってことがあるかい。暮らしは貧しいもんやった。ほかに楽しみがなかった。炭焼きと養蚕でどうぞこうぞ食うとった。冬は雪で家にこもったが、春から秋まで休みなしに働いたんや」

「親父もここで人形浄瑠璃を見たんでしょうね」

「そうや。学校を出るまでおったが、みんな都会へ行きよった」

「田舎で育った子どもたちが日本の高度経済成長を支えたんですよ」

「わしは子どもの頃からずっとここで農業をしとる。林業や土木の仕事もした。都会は高度成長で大そう変わったかもしらんが、田舎は昔のままや。何も変わらん。その頃、県や町の役人が来て、山村振興とか、過疎対策とか、農業振興とか、こんな山奥にもの凄い金を突っ込んだ。スーパー林道とかいうて山の中に立派な道をこしらえたが、シカやイノシシが走りもうとる。いろいろやったが、結局過疎は進んだし、豊かにはならなんだ」

叔父は山裾にある墓へ修一郎を連れて行った。小道は草が生えて雨水が流れるためか、とても傷んでいる。

「この村は400年前に他所の村から来た者が開墾したんや。山ばかりで食われへんさかい、家の次男坊や三男坊が寄越された。400年続いたが、いよいよ終わりやな」

「ここ記憶があります。子どもの頃に親父に連れられて来たと思います」

墓地には40～50基の墓石が並んでいた。角のある新しい墓ばかりでなく、小さくて丸い石ころのような墓や年季の入った墓もあった。

叔父は一つの墓の前で立ち止まり、手を合わせた。「ここにお前の爺さんが眠っとる」

修一郎も手を合わせた。

「みんな土に返っていくんや。村も山に返る」

「山村には日本の伝統文化が残ってますよね」

「何もあらへん」

「そういうものが廃れるのはもったいないですよ」

「ここに立派なものなんか、何一つなかろう。たくさんの人間がここで育って、都会へ行った。一度出て行ったら誰一人帰らへん。大切なものがあるのやったら帰ってきて守ったらええんや」

2か月余り叔父の後を追い、畑仕事や草刈りや溝掃除に明け暮れた。雨が降ると、叔父の軽トラックを借りて町まで行ったり、足を延ばして日本海の漁港へ行くこともあった。役場がある町の中心部には病院や商店、新しい住宅もあり、人の動きが見られたが、人口減少と高齢化は隠すべくもなかった。国道沿いの小集落を幾つも通り抜けたが、廃屋が目立ち、すれ違う車はわずかだった。

12月半ばになると但馬の山々は雪に覆われた。道路は除雪が十分でないために家に引きこもるような毎日だった。年の瀬も押し迫って、上京することにした。叔父には妻と新年を迎えたいと言ったが、本音は久しぶりに東京の空気を吸いたいと思ったからだ。

特急列車に乗り、新幹線を乗り継いで上京した。3か月ぶりの仮設住宅だが、懐かしい思いがした。

「元気そうじゃない。田舎暮らしはどう？農業をやってたの？」と美佐子がいたずらっぽい笑顔で尋ねた。

「稲刈りもしたし、野菜やイモも植えた。土の上で仕事するのは気持ちがいいけど、美佐子が定住できるかどうかわからない」

「どういうこと？」

「山奥の生活だからね。一日、叔父しか話し相手がいない。女性は一番若い人が70歳くらいだよ。美佐子が来れば、村で一番若くて美人だ」

「それなら行ってもいいけど、臨時でもまだ仕事がありますからね。この先再就職なんかできないから、もう少し頑張るわ。でも仮設住宅は嫌だから、住まいを考えないといけないけどね」

修一郎はその晩、深夜まで田舎での暮らしを妻に話した。

２０３１年１月　最後の年

２０３１年の新年を修一郎は妻とともに仮設住宅で迎えた。

総理の年頭会見が行われた。首都直下型地震のために日本は未曽有の経済的打撃を被ったが、政府が総力を結集し、国民の協力と団結によって着実に苦境を脱しつつあるとした。手厚い復興予算によって重要な都市インフラと経済基盤が復興を遂げつつあり、次代の成長に向けた条件整備も進んでいる。半導体事業は熊本と千歳の工場が順調に生産を伸ばし、ものづくり日本の復活に大いに貢献している。一時落ち込んでいたインバウンドは関西や北海道を中心に回復し、地域経済に弾みをつけていると自信を示した。今後、首都圏は東アジアにおける経済と金融拠点としての位置づけを回復させ、海外の需要を取り戻していきたいと述べた。

農業生産については食料危機以降の増産計画が少しずつ成果を上げ、コメと大豆の生産量が増加している。高級果実や和牛の輸出が伸び、日本の食文化が絶賛されているが、日本人のたゆまぬ努力と品質が高く評価されているからだとした。

しかしその一方で、人口減少と低成長社会という時代を迎え、それに応じた衣服を纏わなければならない。これまで豪華なタキシードやドレスを着ていた感があるとして、歳出削減や社会システムの変革への理解を求めた。国民の皆さんにはご苦労やご無理をお願いすることになるが、全国民の結束がなければ、日本の未来はないと考えていると呼び掛けた。

さらに極東の緊張関係が高まっているが、日米韓の結束により軍事的均衡が保たれ、平和が維持されているとの分析を示した。日米安全保障体制の強化とアメリカの核配備への地ならしを進め、日本の安全保障を確固たるものにしたいと強調した。

新春の報道番組は首都直下型地震の深刻なダメージから徐々に脱し、経済が上向きつつあると伝えた。震災直後に落ち込んだ出生率が上昇傾向にあるとの推計も発表され、将来への明るさを感じさせた。

修一郎は但馬に戻る前にＭＯＭＯへ出かけた。但馬では寝酒をすることはあっても、飲食店で飲むことはなく、上京の目的の一つだった。

「オヤジさん、ご無沙汰してます。正月で帰ってきたんですよ」

「おめでとうございます。元気そうですね」

「ここはいいね。ほっとしますよ。ＭＯＭＯへ来ることを楽しみにしてたんです」

「田舎はどうですか？」

「畑仕事はいいけど、限界集落だから生活自体が一苦労です。買い出しも病院も軽トラで30分走らないといけないし、ガソリンスタンドも少ないから、ガス欠になったら大ごとですよ。家内が田舎暮らしに馴染めるとも思えないし、もう少し頑張ってみるけど、定住できるか、正直言えば自信がありません」

「食料を自給できるからいいですよ。東京に居たら異常気象でいつ食料が手に入らなくなるかわからない。年金もらって、夫婦揃って農業なんて羨ましい話ですよ」

「わずか3か月だけど限界集落で暮らして思ったんですが、人と交流する機会がないんですけど、頑張ろうって気持ちが起きなくなる。毎朝ごはんを食べようとも思わない。草刈りだとか、水路清掃だとか、叔父が外へ引っ張り出すから仕方なくついて回ったけど、自分で強い意志を持たないとダメだって思いました」

「そういう時代なんでしょうね。この店にも若いお客さんが来てくれるけど、みんな元気はないし、欲がないって気がします。視野を広く持って何かに挑戦したらいいって話をするんですよ。だけど、不真面目なのかと言うとそうじゃなくて、みんなとても真面目でちゃんと仕事はしてる」

「東京へ来てもアメリカと中国が元気出して覇権争いしてる。本当に情けないね。この前、武士道の本を見つけて読んでたら、明治の近代化の成功は劣等国と見なされたくないという名誉の感覚に支えられていたと書いてあった。武士道精神ですよ」

「そうですよ。お金や立身出世じゃなくて、日本人は武士道を持ってたんです。経済力は人口が増えて、皆が豊かさを求めたら自然に大きくなる。どんな国でも真似できますよ。でも外国人が名誉のために切腹なんかできないでしょう。僕らの祖先は150年ほど前までそんな生き方をしてた」

「武士道を想い起こすってことですよね。ところで、剛さんの元秘書の息子はどうしてますか？」

「もちろん頑張ってます。彼も金はないけど、仲間が集まって復旧現場でバイトしたり、企業を回って震災遺児支援の資金を集めてます。彼らは自分の使命を自覚してます。何回か募金を送ったらわざわざ来てくれたんです。彼みたいな若者が増えてくれたら日本は再生しますよ。みんながちゃんと生きていける社会を作ってくれると思う。日本人が活躍する場はこれから必ずありますよ」

2031年5月　南海トラフ地震襲来

4月になって田ごしらえを始めた。数年、休耕していたために昨年の秋から何度も田鋤きを繰り返していた。叔父はこれだけやればいい米がとれる、と太鼓判を押した。田に水を充て、さらに田を鋤いて、数日すると水が澄んで、美しい山並みを映し出す。修一郎は初めての田植えを心待ちにしていた。

2031年5月1日、修一郎はひと仕事を終えて、田んぼの畔に腰を下ろしていた。突然、静かな水面にさざ波が立った。次の瞬間、激しい揺れが修一郎の体を襲った。思わず畔に両手をついて上体を支えた。震度5以上の地震だと直感した。

揺れが収まると慌てて家に戻り、テレビのスイッチをつけた。各局とも番組を中断し、スタジオから地震情報を流していた。南海トラフを震源とするマグニチュード8・9の地震が発生した。いわゆる三連動地震で太平洋沿岸の一部では震度7強の激震を記録し、太平洋ベルト地帯のほぼ全域が震度6の強震に襲われた。東京でも震度5強を観測した。

津波が発生し、伊豆半島や紀伊半島、高知県ではわずか2〜3分で30メートルの津波が到達したと伝えられた。各所のテレビカメラが海岸の中継映像を映した。リアス式海岸では津波は一気にせり上がる。海が防波堤を乗り越え、際限なく町に押し寄せた。港の漁船は枯葉のように打ちつけられ、家並みがのまれ、車も人も流されていった。

遠州灘や駿河湾では4〜5分で10数メートルの津波が都市を襲った。津波が街路を這い上がり、高所を目指して逃げ惑う人々を容赦なくのみ込んでいった。この津波は千葉県房総半島から鹿児島県大隅半島に至る千キロにも及ぶ海岸線に押し寄せる。

大阪湾に到達した津波は河川を俎上してビルの谷間にあふれ出した。臨海部の工業地帯は次々と津波に洗われ、工場やマンションが海に消えていった。大阪市街に浸水が広がり、市域の西半分が水没すると伝えられた。

海岸から内陸部に広がる広大な農地にも津波がもの凄い速さで駆け上がった。高速道路を走る自動車も、線路上の電車も一瞬のうちにのみ込まれた。

テレビは各地の惨状を代わる代わる映し出した。アナウンサーは涙を流し、声を詰まらせて繰り返し絶叫した。「あらゆるところで災害が発生し、生命が脅かされています。とにかく生き延びて下さい。未曽有の大津波が太平洋沿岸に押し寄せています。少しでも高い所へ逃げて下さい。津波による浸水、土砂災害、大火災、建物の倒壊、群衆雪崩、災害は数々あります。どうかパニックを起こさないで、命を守って下さい」

この瞬間に街や人が津波に呑まれていく光景を直視することができず、修一郎はテレビのスイッチを消した。その悲鳴が静かな山村に耳鳴りのように響いていると感じた。

気を取り直して妻に電話したが、繋がることはなく、安否確認のラインを発信した。

しばらくしてまたテレビをつけたが、依然として津波に襲われる街を映していた。発災から1時間が経過していたが、再現映像ではなく、九州沿岸に押し寄せる津波のリアルな映像だった。大阪では蜘蛛の巣のように張り巡らされた地下街や地下鉄構内に大量の海水が浸入し、逃げ惑う人々の姿が映し出された。上空のペリコプターは黒煙を上げるコンビナートや炎に包まれる燃料タンクを中継した。脱線転覆した新幹線車両がまるで模型のように散らばっていた。

被災現場からの映像を中断して、海野総理が官邸から国民に訴えた。日本列島が未曽有の巨大地震に襲われているとし、一人一人が自らの命を守ってほしいと繰り返し呼び掛けた。政府は関係機関とともに全国で救命救援活動を展開している。国民の生命とくらしを守り抜く決意だと顔を引きつらせた。修一郎にはその必死の形相でさえ、遠い異国から発せられているように感じられた。

混乱は災害現場だけではなかった。発災直後から全国の銀行窓口やATMに預金の引き出しを求める人々が殺到し、長い列を作った。SNSで拡散されたために地方の至る所の金融機関でパニックが発生し、混乱を避けるためにすべての銀行取引が停止された。

全国のスーパーやコンビニの店頭から短時間に商品が消える事態となった。ガソリンスタンドにも車やポリタンクに燃料を入れる人が行列をつくった。これからどういう事態が訪れ、自分の身に何が起こるのか、多くの国民は感じ取っていた。

発災と同時に円が暴落し、金融がストップした。そして世界経済の混乱を回避するために政府はIMFと協議に入るとした。アメリカ政府の強い意向が反映したものだ。直ちに債務不履行となるわけではないが、莫大な債務や日本経済の大きさから不測の事態を想定し、IMFによる介入と各国の協調が不可欠だと判断された。

防衛省は全国の11万人を超える隊員を災害緊急派遣隊として動員すると発表した。一方で安全保障上の重大な危機だとしてアメリカは沖縄に駐留する米軍を三沢、横田、横須賀、岩国、佐世保などの基地に展開することを日米両国間で確認したと公表し、早速部隊は移動を開始した。

経済は全土でマヒした。太平洋沿岸部に集中する石油コンビナートが軒並み損傷したため、国内へのエネルギー供給がストップする。サプライチェーンが崩れ、日本のほぼすべての工場生産が操業停止を余儀なくされると伝えられた。

太平洋ベルト地帯を結ぶ基幹交通網が至る所で寸断された。東海道、山陽などの新幹線は軌道の損傷や車両の脱線転覆によって不通となった。東名、名神などの高速道路も各所で土砂崩れや橋梁の落下が発生し、長期間の封鎖が想定された。太平洋沿岸の主要な港湾では施設の損傷と津波被害によって船舶の入港が不能となり、外国との貿易が停滞するとされた。

山間部や海岸線の市町村では土砂崩れやトンネルの崩落、橋梁の落下によって道路が封鎖され、数多くの集落が孤立状態となった。

短時間に津波が襲来した地域では子どもや高齢者が逃げる間もなく波にのまれたという。大津波が引いた後にはまるで空襲で破壊し尽された瓦礫の街が残された。

夕刻、美佐子からメールがあった。川崎市は震度6弱の強震を記録したが、妻に怪我はなく、仮設住宅も大きな被害を免れたという。二つの巨大地震を相次いで経験し、狼狽える様子が窺えた。

政府は夜になって、被害状況を発表した。自治体の混乱で未集計としながらも死者行方不明者はおよそ32万人に達し、全壊または全焼の家屋は230万棟、経済被害は220兆円に及ぶと予測した。被害総額は東日本大震災の約15倍の規模となる。復興には30年以上を要するとキャスターが語った。

テレビの前で座り込んだままの87歳になる叔父が呟いた。「早く死ねばよかった。こんな日本の姿を見て死にたくない」

修一郎はそれに返す言葉を見つけることができなかった。画面で繰り広げられる惨状を見届けるしかなかった。

二人はその晩、横になることも、眠ることもなく朝を迎えた。

翌朝7時、海野総理の会見をテレビが中継した。総理は政府及び関係機関が一体となって救命救援活動に全力を挙げており、その数は自衛隊や消防、警察など40万人に上る。一人でも多くの生命が救われることを切に祈ると語った。そして日本は建国以来の最大の苦難に遭遇しているとし、国民が一丸となって乗り越えなければならない。必ずや将来に希望と幸福を取り戻すことができると声を詰まらせた。さらに日本経済や金融の混乱が世界規模の大混乱を招くことがないようＩＭＦの支援を得て、ゆるぎない体制を構築しつつ復旧復興のために国力を総結集するとした。

当初、国民はＩＭＦの支援によって財政破綻の危機を乗り越えられると受け止めた。しかしそれこそが日本の財政破綻を意味していると気づく者は決して多くはなかった。政府がその時、直接的な言及を避けたためだ。

日本の国債発行残高は１５００兆円に達していた。ＧＤＰの３倍を超える巨額であり、海外からは自力の財政再建は不可能と見られていた。首都直下型地震に加えて、南海トラフ地震の復興予算が膨らみ、日本経済が停滞する中、国債暴落など財政破綻が現実のものとなれば、世界経済や金融がクラッシュする可能性がある。アメリカの危機感は強く、強硬な姿勢で日本政府に迫った。政府がアメリカ政府とＩＭＦに対して異議を唱えることなどできるものではなかった。

当然、政府内でも激論が交わされたが、この外圧によって財政再建を果たすべきだという意見に傾いていったという。アメリカに見放されたら日本は立ち行かない。今後の人口減少や高齢化とともにＧＤＰが減少する。日本は世界の中で孤立してしまう。一部の拒否派はすぐに排除された。数日後、ＩＭＦからの要求概要が明らかになった。日本に示された再建策は国民の想像を絶するものであった。国民はその時、日本の主権が奪われたことを悟った。

その内容とは、国民の預金を一旦封鎖し、のちに5対1で換金する。年金は一律30％カットする。公務員の総数及び給与を30％削減し、ボーナスと退職金は支給しない。国債の利払いは10年間停止する。地方交付税や社会保障費をはじめ、徹底した歳出削減を行うというものだ。

ニュースキャスターは悲壮な顔つきでこれらの項目を読み上げ、一つ一つ説明を加えた。国が抱える莫大な財政赤字を解消しなければ、世界経済に復帰できない。そのために国民の金融資産や公務員の大幅削減が求められている。国民にとって驚愕の事態となったが、それ以外の選択肢はなかったと言わざるを得ないとした。多くの国民はこの説明を聞いて初めて日本の置かれた状況を理解することができた。この国は日本政府でなく、ＩＭＦの統治下に置かれたのだ。まさしく敗戦の玉音放送を思い起こさせた。

このニュースが流れた途端、全土の人々があらゆる金融機関に押し寄せた。銀行はすでにシャッターが下ろされ、店内に立ち入ることはできなかったが、数万、数十万という群衆が深夜まで銀行を取り囲んだ。一部では暴徒化し、銀行や周辺の店舗、車両にまで被害が及んだという。

発表の直後、美佐子から電話があった。「預金封鎖って何？職場で大騒ぎになってる。銀行へ走った職員もいたわ。課長は80％の預金が国に没収されると言ってた。ほんとうなの？」

「大変なことになった。まるで敗戦だ。当時は戦時国債だって紙くずになったし、それまでの紙幣が使用停止になって新円切り替えがあったけど、国民は無一文になった」

「街に右翼の街宣車が出て、大声を出して騒いでる。こんなこと一体誰の権限でできるの？個人のお金を国が没収するなんて信じられないわ」

「高林洋司って経済学者が日本は国民の膨大な金融資産があるから借金できると言ってた。国民が国の借金を払うことになったんだ」

「政治家や官僚が払ったらいいのよ。なんで庶民のなけなしのお金をもぎ取るのよ。退職金を貰って老後の資金になると思ってたのに。40年も勤めたのにパーになったわ」

「公務員も随分削減されるし、給与もカットされるね」

「私も解雇されるわ」

「そうだね。これからどうするか、考えないといけないね」

その後も美佐子は何度も電話で預金封鎖を悔やんだ。

このニュースは震災の救助活動や復旧工事が行われている現場にも衝撃を与えた。動揺した作業員が復旧現場を離れ、工事が中断したところも多いと言われた。役所や会社の説得でようやく工事が再開されたという。国の財政破綻が明らかになると、社会福祉団体でも動揺が走り、運営が停止される施設が相次いだ。食事の提供も滞り、高齢者や障害者が施設内に取り残されていると報道された。

経済の大混乱は続いた。為替相場は1ドル320円まで下落し、輸入品価格は高騰した。海外依存比率が高いエネルギーや農産物は調達の停止が懸念された。食料品や生活必需品は枯渇し、インフレ率は300％に達した。流通が止まり、闇市で高額な商品が売買されていると噂された。庶民生活は窮地に陥り、復旧のための建設資材さえ供給がストップすることとなった。

叔父はテレビを見ながら一人つぶやくことが増えた。「敗戦だ。86年前はアメリカにやられたが、今度は日本が自滅したんだ」

修一郎もまさしくそう思った。混乱を極める日本にどういう未来があるのか、思い浮かべることはできなかった。敗戦直後でさえ焦土からいち早く立ち直り、高度経済成長を遂げたが、復興のためには50年以上の歳月が必要だと思われた。

被災地では復旧作業が進められていたが、庶民の関心は日々の暮らしに向けられていた。食料品や日用品の品薄と価格高騰が生活を圧迫し、美佐子は毎日のように電話で窮状を伝えてきた。

銀行取引が再開され、個人預金の引き出しが可能となったが、預金は5分の1の額面でしかなかった。

「銀行の前を通ったらもの凄い人が行列を作ってた。暴動が起こりそうで怖いわ。街の雰囲気は殺気立ってるし、人の顔つきも変わってる」

「物騒になってるから気をつけないといけない。アルゼンチンで預金封鎖があった時は暴動や略奪が起こったらしい」

「もうこっちでは暮らせないわ。治安も悪くなってるけど、生活もできない。電気はしばらく停電してたけど、点いたと思ったら、電気料金が倍になってる。来月は3倍になるって聞いたわ。仮設住宅のプロパンも倍以上になってる」

「こっちは電力不足で計画停電になってる」

「食料品だってスーパーに行く度に値段が上がってる。トマトなんか1つ600円もするのよ。食べるものがなくなるわ。みんな仮設住宅の空き地に野菜を植えてる。近所の人はお年寄りが多いから国民年金だけでやってると思うけど、30%カットされてどうやって生活するんだろうって心配になるわ」

「早くこっちへ来たらどうだ?」

「そうね。みんな解雇されるって覚悟してる。この先、どうやって暮らそうかって言ってるわ。私が田舎で農業をやると話したら羨ましいって言われた。紀夫はマレーシアへ行って正解だったわね」

預金封鎖の発表後、警察は厳戒態勢を取っていたが、1週間が経過すると、街は次第に平穏を取り戻した。被災地では人々が復旧活動のために黙々と働く姿が見られた。

６月になってすぐに妻から電話があった。

「今日、市役所から雇用契約を打ち切ると言われたわ」

「そうか。みんな一緒なのか？」

「若い人は残る人が多いけど、早い人もいる。先生とか、現業部門を結構残すから、公民館勤務は解雇が多い。山本さんって知ってるでしょう？彼も首になったけど、退職金もなしなのよ」

「避難所のリーダーをやってた人だ」

「彼はまだ若いし、しっかりしてたのに。どうするのって聞いたら、被災地で現場仕事をするしかないと言ってた。子どもは小学生だと思うけど、本当に可哀そうだわ」

「日本人は辛抱強い。今は必死に耐えるしかないよ」

「川崎の中心部でもお店がどんどん閉まってる。もの凄いインフレだから買い物なんかできない。みんなお金は全部食べることに使ってる。街角で物を並べて売ってるおばあさんもいるわ。途上国のそんな様子をテレビで見たけど、日本もそうなってる」

「早くこっちへ来た方がいいよ」

「10日までは仕事だけど、家具とか処分して早くそっちへ行きたい。食料品も手に入りにくくなってるから、いつ食べられなくなるか、とても心配なの」

「東京を離れる前にデパートとかへ行って都会の空気を吸っておいたほうがいいよ。暫く戻れないだろうから」

「デパートなんか行けるはずないでしょ。何も買えないわよ」

「こっちへ来るとしても、まだ新幹線が通じてないからな」

「北陸新幹線を使えば行けると思う」

6月下旬に妻が但馬へやってきた。ダイヤが乱れているため、予定よりも3時間遅れで到着した。城崎温泉駅まで叔父の軽トラックで迎えに行った。城崎の温泉街に入り、柳がゆれる川沿いの道を走った。

「ここは志賀直哉の小説の舞台でしょう? きれいなところね。地震の被害はなかったみたいね。よかったわね」と妻が言った。「ちょっとだけ車を止めてくれる? 街を少し見たいの」

美佐子は軽トラを降りて河畔にしばらく佇んでいた。

「空気もきれい。気持ちがいいわ」

「そろそろ行こう。うちへはまだ小1時間かかる。もっと山奥だ」

「私はずっと東京だったから田舎暮らしは初めて」

「他に行くところがないから、ここで頑張るしかないよ」

「私のお友だちの息子さんは大企業に勤めてたんだけど、津波で被災して工場が閉鎖されるんだって。会社から退職か、海外の工場勤務か、選択してくれって言われたらしい。解雇される人も多いからたぶん海外へ行くだろうと言ってた」

「日本が空洞化していく」

「田舎に行くわよって紀夫にメールしたら、マレーシアに来ないかって誘われたわ。マレーシアには日本企業がたくさん出ていて、日本人も多いらしい。日本食レストランやお店もあるんですって。でも断ったわ。日本で頑張るって」

「棚田で百姓だからね。音を上げるなよ」

「市役所を辞める時、私も連れて行ってほしいって言う人がいた。食べられなくなったらどうしようって心配してる。知り合いを頼って地方に行きたいと言ってた。ほかに当てがなかったら連絡するから相談に乗ってねって言われたわ」

「食べることしかできないけどね」

「食料危機を経験したでしょう。みんな切実だわ」

「経済力が落ちて、食料輸入ができないし、農地も荒廃してる。こんな日本に誰がしたって感じだ。経済成長で絶頂に達していたのにそれから40年余り坂道を転げ落ちてきた。二つの巨大地震が追い打ちをかけたんだけど、この地震だって想定されてた。人口減少も、高齢化も、財政赤字も、地方の疲弊も、経済の減退も40～50年も前から警鐘が鳴らされてた。やるべきことをやらなかったし、意識を変えるべきだったのに、何も変えなかった。その時その時、目先のことしか考えなかったたんだ。政治も、国民も甘えてたんだよ。日本人は島国のムラ社会で生きてきたからね」

「日本は滅んでしまうのかしら」

「アメリカも中国も日本を必要としてるからね。アメリカは強固な防波堤にするためにもっと影響を強めて、アメリカ化を進めるだろう。中国も黙ってないから、中国資本が日本に入ってきて、経済圏に取り込もうとするだろう。いずれにしても日本じゃなくなってしまうかもしれない」

「嫌な話をするわね」

修一郎は少し遠回りをして変化に富んだ山陰海岸をめざした。県道沿いの展望台で軽トラを止めた。波静かな日本海と美しい海岸線、そして息をのむほどの夕暮れが空を紅く染めていた。

「とてもきれいね。すごいわ」と美佐子が言った。

「僕も時々、海岸に来て海を見てる。少し心が晴れる」

「こんな素晴らしい国土があるんですもの。日本も捨てたもんじゃないわ」

「美佐子は強いな」

「日本人は右向いたり、左向いたり、都合よく振舞うけど、この国土と文化を忘れるはずがないと思う。あなたは日本を諦めるつもりなの？」

「僕は日本人だからね、諦められるはずがない。日本人として生きるしかない」

「よかった。わたしもそうよ」

あとがき

タウンゼント・ハリスが下田で見た「本当の幸福の姿」とはどんなものだったのだろう。私はタイムスリップして行ってみたいと思う。しかし、文明という禁断の果実を口にした私たちはもはやそこで暮らすことはできない。あれからわずか160年余り、日本も世界も大きく変わった。さらにグローバル化やインターネットの進展に晒され、国際社会では深刻な対立と分断が繰り返され、秩序さえも失われようとしている。

これからの日本がどう生きていくのか、安閑としていられないが、日本人は立ち止まって自らを顧みたり、考え直したりすることがなく、時間だけが経過しているように思われる。

本のオビに「日本人に欠けているもの」と表記したが、何も卑下するということではない。失敗は成功の母であると言われるし、私は欠点こそ宝だと思っている。失敗を反省し、欠点を克服するという楽しみがある。近代以降の日本は様々な歴史を刻んできたが、今を生きる私たちに大きな教訓を与えていると言える。

同時に封建時代の日本人は武士道という精神規範を残してくれた。今は風化しているが、私たちは同じ日本人としてのアイデンティティを受け継いでいる。日本の凋落や混迷が叫ばれる今日でも、武士道の美意識や死生観を想起するか否か、私たちの意思にかかっている。それこそが日本人が日本人らしく生き、国を建て直し、人類にも貢献する道だと考えている。

2023年10月

梶原　康弘

著者紹介
梶原 康弘（かじわら やすひろ）

1956年10月、埼玉県に生まれる。早稲田大学第一文学部文芸学科卒業。在学中から国会議員の秘書を務め、その後兵庫県丹波篠山市で製造業を営む。衆議院議員を2期務めるが、現在は引退して事業経営に戻る。著作に「大警告！巨大地震迫る 日本逆転の未来図」。

カバー・本文デザイン　青鹿 麻里

この国の未来はすでに見えている

2024年5月9日　第1刷発行

著　者　梶原 康弘
発行者　尾嶋 四朗
発行所　株式会社 青萠堂

〒166-0012　東京都杉並区和田1丁目59-14
Tel　03-6382-7445
Fax　03-6382-4797
印刷 / 製本　中央精版印刷株式会社

ISBN978-4-908273-35-3 C0093